DREAMBOOKS

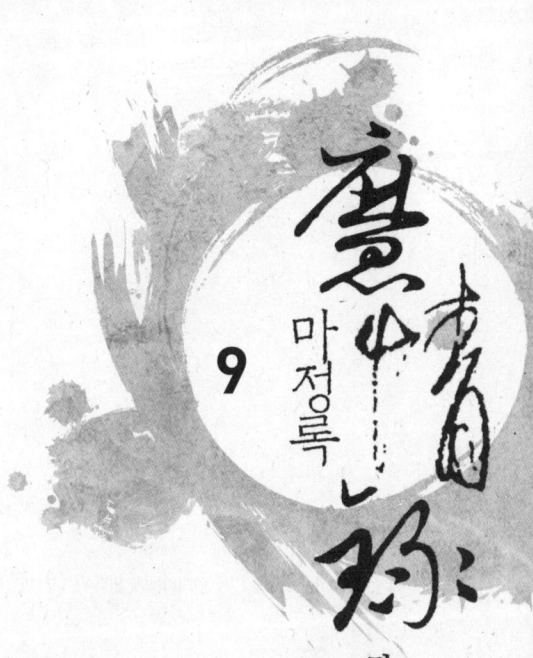

9

마정록

장담 신무협 장편소설

ORIENTAL FANTASY STORY & ADVENTURE

dream books
드림북스

# 마정록(魔情錄) 9 만리회향(萬里回鄕) (완결)

초판 1쇄 인쇄 / 2013년 1월 31일
초판 1쇄 발행 / 2013년 2월 8일

지은이 / 장담

발행인 / 오영배
편집팀장 / 권용범
책임편집 / 편집부
펴낸 곳 / (주)삼양출판사 · 드림북스

주소 / 서울특별시 강북구 송천동 322-10호
대표 전화 / 02-980-2112  팩스 / 02-983-0660
편집부 전화 / 02-980-2116  팩스 / 02-983-8201
블로그 / blog.naver.com/dreambookss

등록번호 / 제9-00046호
등록일자 / 1999년 3월 11일

ⓒ 장담, 2013

값 8,000원

ISBN 978-89-542-5091-7 (04810) / 978-89-542-4845-7 (세트)

* 지은이와 협의하에 인지는 생략합니다.
* 잘못된 책은 구입한 곳에서 바꾸어 드립니다.

마정록

9
만리회향(萬里回鄉)

장담 신무협 장편소설

dream
books
드림북스

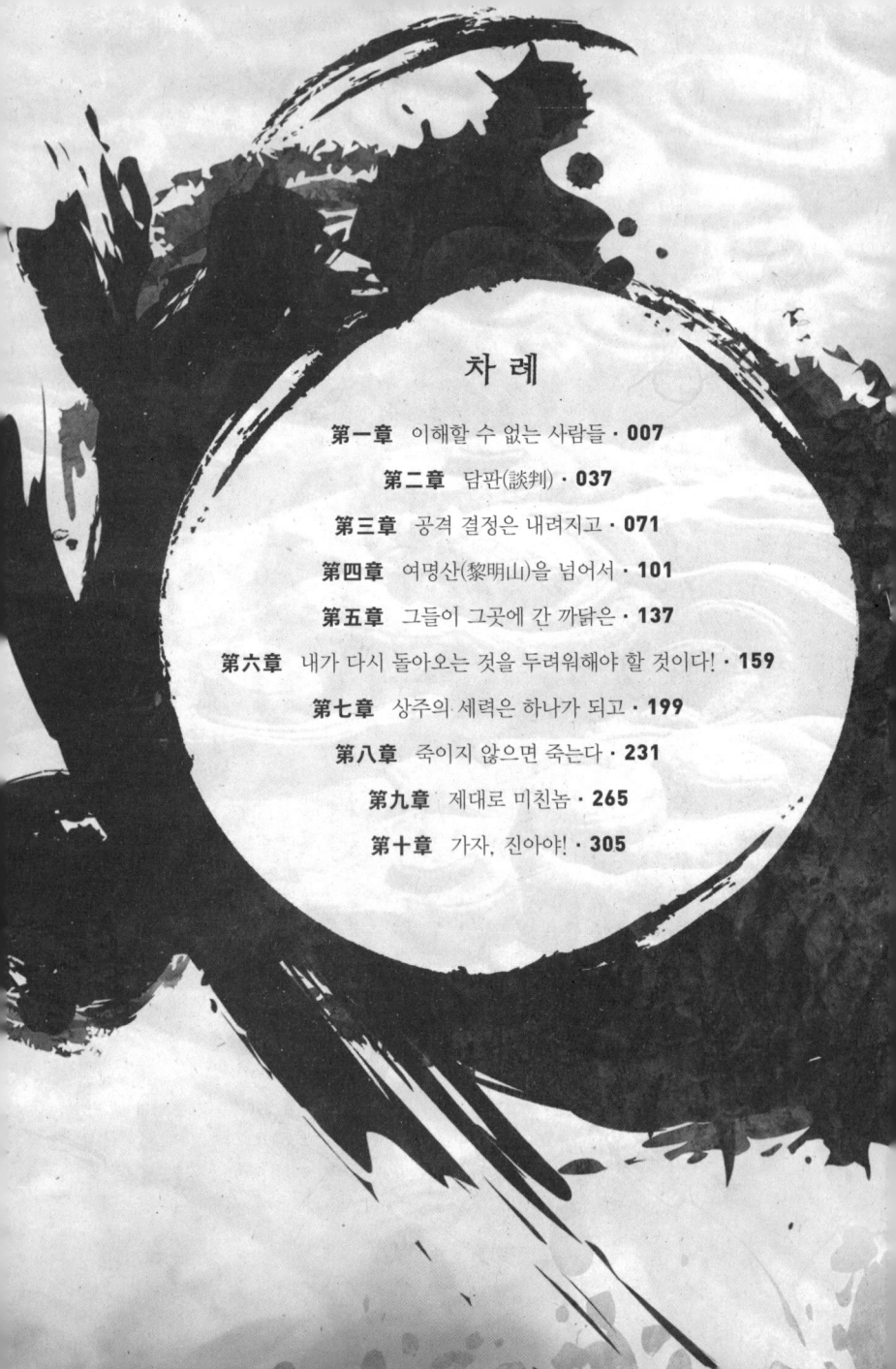

# 차 례

# 意中之人

마저ㅇ록

第一章

이 해 할 수 없 는 사 람 들

맙소사!

북궁천의 눈이 휘둥그레졌다. 어찌나 놀랐는지 시위를 쥔 손에 힘이 빠져서 하마터면 화살이 날아갈 뻔했다.

나타난 사람은 죽은 줄 알았던 유원당이었던 것이다.

"유 원주……?"

"본의 아니게 속인 꼴이 됐군."

북궁천은 단 몇 마디만으로도 상황을 짐작했다.

"그럼 죽은 사람은?"

"내 대신 다른 사람이 죽었네. 놈들의 눈을 속이기 위해서 죽은 척했지."

"그랬군요. 어쩐지 청 아우와 기진 아우가 찾아오지 않는다 했더니……."

"그 멧돼지 같은 놈은 너무 순진해서 궁주의 눈을 속일 수 없었을 거야."

분명 그랬을 것이다.

"우영산장 공격 방식이 이상하다 했더니, 역시나 유 원주께서 뒤에 계셨군요."

"궁주가 그리 생각했을 정도면 천사교주도 어느 정도는 짐작하고 있다고 봐야겠군."

"그럴 겁니다."

"그런데…… 정말로 호연도광의 말을 따를 생각인가?"

"다른 길이 없지 않습니까?"

망설임 없이 흘러나오는 북궁천의 말에 유원당이 착잡한 표정을 지었다.

그도 북궁천에게 다른 길이 없다는 것을 모르지 않았다. 호연도광의 손에서 아기를 빼내지 못하는 한.

"그는 궁주가 약속을 모두 이행해도 아기를 안 내줄 거네."

북궁천도 호연도광이 매우 특이한 자라는 건 알지만, 그가 끝까지 자신과의 약속을 지킬 거라고는 장담할 수 없었다.

"그럴지도 모릅니다. 하지만 그는 약속을 지키지 않을

때 내가 어떻게 나올 거라는 것도 알고 있지요. 그걸 아는 한 나와의 약속을 쉽게 저버리지는 못할 겁니다."

진아를 돌려받을 수 없다는 것이 확실시되면 그 분노가 고스란히 천사교를 향할 것이다. 호연도광으로서도 모험인 셈이었다.

"어쨌든 저로선 주어진 상황에서 최선을 다할 수밖에 없습니다."

유원당은 북궁천의 마음이 워낙 확고해서 자신이 되돌릴 수 없다는 사실을 확실히 깨달았다.

그렇다면 이제 다른 방법이 없었다.

"궁주, 호연도광이 내 존재를 알고 있을지 모른다고 했던가?"

"그렇습니다만……."

북궁천이 말꼬리를 길게 끌자, 유원당이 미소를 지으며 말했다.

"그럼 내 목숨으로 협상을 해 보면 어떻겠나?"

"무슨 말씀이십니까?"

"호연도광이 내가 생각한 것만큼 대단한 자라면 내 머리의 가치를 높게 쳐줄 거야. 그러니 그에게 내 머리와 아기를 맞바꾸자고 하게."

"안 되오, 총군사!"

임강령이 대경해서 유원당을 말렸다.

"차라리 내가 죽겠소. 비록 내 이름이 대단하진 않지만 구양영과 등조립을 찾아내 죽인 장본인 아니오? 호연도광이 그들의 죽음에 대해서 분노하고 있다면 아기와 내 목숨을 바꿀지도 모르오."

유원당이 미소를 지으며 고개를 저었다.

"임 대협의 마음을 모르는 바는 아니지만, 그는 받아들이지 않을 겁니다. 그에게 구양영과 등조립은 하나의 도구일 뿐이고 이미 죽은 자들이니까요."

사실이 그랬다. 호연도광의 성격을 아는 북궁천은 앉아서 적장의 속을 들여다보는 유원당의 판단에 감탄하지 않을 수 없었다.

하지만 임강령은 물러서지 않았다.

"아무리 그래도 유 원주를 그들에게 내줄 수는 없소."

"어차피 죽은 것으로 알려진 목숨인데 아까울 게 뭐 있겠습니까? 더구나 아기가 그들 손에 들어간 일에 제 책임도 있지 않습니까?"

"하지만……."

"건곤일척의 싸움이 벌어지면 저 같은 사람보다 북궁 궁주 같은 사람이 더 필요합니다. 만약 제 목숨으로도 안 된다면, 그때 가서 임 대협의 제안을 생각해 보지요. 저와 임 대협의 목숨이라면 혹시 압니까? 호연도광이 마음을 돌릴지."

강하게 반발하던 임강령의 눈빛이 흔들렸다.

누구보다 북궁천에 대해서 잘 안다고 자부하는 그였다.

유원당의 군사적인 능력이 뛰어나긴 하지만 자신과 그를 합친다 해도 북궁천보다 나을 게 없었다.

두 사람이 북궁천에게 잘못을 저지른 것도 있고.

"정말 그렇게 하실 생각이오?"

"다른 방법이 있다면 말씀해 주십시오. 저도 사실 살고 싶습니다. 살 수만 있다면 살아야지요."

두 사람의 말을 듣고 있던 북궁천의 눈빛이 잘게 떨렸다.

임강령과 유원당이 서로 목을 내놓겠다고 하자 가슴속 깊은 곳에서 알 수 없는 떨림이 일었다.

아마 황보청이 이곳에 있었다면 그 역시 자신이 대신 죽겠다고 했겠지.

누군가를 위해서 대신 죽는다는 것. 대의를 위해서 목숨을 던진다는 것.

지금까지 살아오면서 한 번도 생각해 보지 못했던 일이다.

이들은 왜! 무엇을 위해서 목숨을 던지려 한단 말인가?

웃으면서.

아무런 대가도 바라지 않고…….

정말 협의와 정의를 지키는 것에 그만한 가치가 있는 걸까?

수하들이 주군을 위해 죽는 것은 충성심이 있기 때문이다.

그러한 마음과 비슷한 것 같은데, 내면을 들여다보면 결코 같은 것이 아니다. 이들은 자신의 수하도, 피를 나눈 형제도 아니지 않은가 말이다.

'정말 알 수가 없군.'

그 때였다.

유원당이 갑자기 무릎을 꿇었다.

"궁주, 부탁하네. 가서 호연도광에게 한 번만 제의해 보게. 그가 승낙한다면 언제든 와서 내 머리를 가져가게나."

"궁주, 내 머리도 같이 가져가게!"

임강령마저 무릎을 꿇었다.

가슴이 답답해진 북궁천은 두 사람을 번갈아 보며 물었다.

"대체, 대체 목숨까지 바쳐서 지키려는 것이 뭡니까? 그게 뭔데, 그대들과 상관도 없는 내 아들을 구하는 일에 하나밖에 없는 목숨을 초개처럼 던지겠다는 거요?"

"미래를 지키기 위해서네. 내 가족들이, 후손들이 살아갈 미래를 지키기 위해서. 사악한 천사교가 세상을 장악하고 어지럽힌다면 내 가족과 후손들이 어떻게 되겠는가? 강호에 발을 디딘 이상 언제 죽을지 모르는 목숨, 그들을 위해서 값지게 던질 수 있다면 그것도 행복이 아니겠나?"

유원당의 담담한 목소리가 북궁천의 가슴 깊은 곳에 거센 격랑을 일으켰다.

가치관의 혼돈.

"뭐가 뭔지 모르겠군요."

"깊게 생각하지 말게. 궁주는 그저 내가 한 제의를 호연도광에게 말해 보기만 하면 되네."

북궁천은 파랑이 인 눈빛을 들어 허공을 바라보며 이를 지그시 악물었다.

진아를 구하는 것!

자신에게는 세상에서 그보다 중요한 일이 없다. 하늘이 뒤집어져도 진아를 구해서 려려의 곁으로 돌아가야 한다.

이들이 목숨을 내놓겠다면 굳이 마다할 이유도 없는 일.

'그래, 나는 진아만 구해서 돌아가면 된다. 정의? 그딴 것은 진아에 비하면 아무것도 아니야!'

중원이 어떻게 되든 자신이 무슨 상관이란 말인가?

하지만 그의 마음 한쪽에서 격렬한 반발이 일었다.

─북궁천, 너무 이기적이구나! 자기 자식을 살리기 위해서라면 좋아하는 사람들을 죽여도 괜찮다는 거냐? 마제의 자존심은 어디다 버린 거냐? 사람이 그러면 안 되는 거다, 북궁천!

자신이라 해서 어찌 유원당과 임강령의 죽음을 바랄까.

오죽 절박하면 그런 생각을 하겠는가?

북궁천은 이를 악물고 혼란스런 마음을 가까스로 다스렸다.

'후우우우. 그래, 방법이 전혀 없는 것도 아닌데 서둘러서 이분들의 목숨으로 흥정할 필요는 없지.'

소이정을 이용하면 방법이 생길지 모른다.

어쩔 수 없이 호연도광의 요구를 들어줄 수밖에 없다 해도 반드시 이들의 목숨이어야 할 이유는 없다.

그럼에도 그는 일단 유원당의 요구를 들어주는 척하기로 했다. 그래야 자신이 다른 생각을 가졌다는 걸 모를 테니까.

"좋습니다. 가서 호연도광과 흥정을 해 보지요."

"고맙네, 궁주."

유원당의 얼굴에 염화시중 같은 미소가 떠올랐다. 자신의 목숨이 걸린 일인데도 그렇게 편안해 보일 수가 없었다.

그래서 북궁천은 더 마음이 혼란스러웠다.

'정말 이해할 수 없는 사람이야.'


*         *         *


본래는 북궁천이 안에서 몇 사람을 죽이면 때맞춰서 장

추람 등이 소란을 피우기로 했다. 그런데 유원당을 만남으로 인해서 계획이 틀어졌다.

실망할 필요는 없었다.

이제 겨우 하루가 지났다. 최선을 다해 본 후에 결행해도 늦지 않았다.

용호산 중턱에서 신호가 오기만 기다리던 장추람 등은 별다른 소란도 벌어지지 않고 북궁천이 돌아오자 안도와 아쉬움의 표정을 동시에 지었다.

'휴우, 다행히 무사하셨군.'

'쩝, 구자강을 위해서 백 명만 죽일 생각이었는데……'

'설마 주군 혼자서 몽땅 죽이고 오신 것은 아니겠지?'

어떻게 된 상황인지 궁금해진 장추람이 슬쩍 북궁천의 눈치를 보며 물었다.

"주군, 그냥 이대로 돌아가실 겁니까?"

"오늘은 그만 돌아가자."

"그럼 구자강의 복수도 다음으로 미루는 겁니까?"

"구자강의 복수는 계산에서 빼도 된다. 대신 구양환을 죽였으니까."

장추람 등은 구양환을 죽였다는 말에 눈이 커졌다.

"구양환을 죽였단 말입니까?"

"잘 죽였습니다."

"그 정도면 구자강도 섭섭해하지는 않을 겁니다."

중원의 대문파인 삼성궁의 주인을 제물로 바친 셈이다. 그 정도면 괜찮은 복수였다.

"곧 시끄러워지겠군요."

"아무래도 그러겠지. 그만 가자. 가서 호연도광을 만나야겠다."

"호연도광을요? 또 무슨 일로……?"

"가면서 이야기해 주마."


북궁천은 용호산을 벗어난 후에야 임강령을 찾아갔다가 유원당을 만난 일에 대해 말해 주었다.

장추람과 냉호, 철교신은 유원당이 살아 있다는 사실에 놀라고, 그와 임강령이 한 말에 격동을 금치 못했다.

"거, 정말 괜찮은 사람들이군요."

"역시 주군께서 좋아할 만한 사람들입니다."

"그 말을 들으니 이상하게 가슴이 떨리는데요?"

그들의 반응이 북궁천의 마음을 더욱 무겁게 했다. 하지만 북궁천은 그럴수록 마음을 다잡았다.

"그래서 일단 호연도광을 만나 담판을 지을 생각이다."

장추람이 그 말에 움찔하며 물었다.

"주군, 정말 호연도광이 제안을 수락하면 유원당과 임강령의 목을 벨 겁니까?"

북궁천은 눈을 가늘게 좁히고 하늘을 올려다보았다.

"최선을 다해 보고, 정 다른 방법이 없다면 그럴지도 모르지."

장추람을 비롯한 네 사람은 입을 굳게 다문 채 묵묵히 걸음을 옮겼다.

그토록 강한 사람이 흔들리고 있다.

그들은 북궁천이 얼마나 심한 갈등을 겪고 있는지 말을 듣지 않고도 알 수 있었다.

직접적인 당사자가 아닌 자신들도 가슴이 격동하는데 주군은 오죽하랴.

                    *        *        *

뇌옥의 상황이 발견된 것은 북궁천이 떠나고 일각이 조금 지난 후였다.

죄수가 사라지고 뇌옥 안을 지키던 위사들이 살해되었다는 소식이 전해지자, 각 세력의 수뇌부 몇 사람이 뇌옥으로 몰려들었다.

"허어, 대체 이게 어찌된 일이오?"

"안 당주는 이 시간에 왜 여기에 죽어 있는 거지?"

"혹시 고문을 한 것 아니오?"

"그럴 리가. 고문에 대해서는 아직 결정 난 것이 없잖소?"

취조는 삼성궁이 맡았다. 그러나 고문에 대해선 아직 허락이 떨어지지 않았다.

만약 고문을 했다면 그것 역시 큰 문제가 될 수 있었다.

"구양 궁주께서 오시면 알 수 있겠지요."

"구양 궁주는 왜 이리 늦는 거요?"

군웅들이 웅성거릴 때 백리진이 침중한 표정으로 중얼거렸다.

"마제가 직접 온 건가?"

목소리는 작았지만 그 말을 들은 사람들은 모두들 가슴이 묵직해졌다.

관호명이 고개를 끄덕이며 동의했다.

"그렇다고 봐야겠지요."

안추승이 반항할 새도 없이 죽였다. 그런 고수가 마제 외에 또 있다는 것은 두려운 일이 아닐 수 없었다.

분위기가 무겁게 가라앉자 남궁원이 짐짓 가벼운 표정을 지으며 말했다.

"일단 경비를 더욱 강화해서 마제가 허튼짓을 못 하도록 막읍시다."

대부분이 그 말에 찬성했다. 그러나 마제의 추적을 포기하는 것이 마음에 들지 않는 사람도 있었다.

선우명이 사람들을 둘러보며 말했다.

"근처 어딘가에 마제와 그 일행이 있을지 모르오. 지금이라도 무사를 파견해서 그를 찾아보는 것은 어떻겠소?"

영허진인과 함께 합류한 무당파의 장로 우송자가 영문을
알 수 없다는 표정으로 말했다.

"당연히 추적해야 하는 것 아니오? 왜 추적할 생각을 안
하는 거요?"

누군들 추적하고 싶지 않을까?

문제는 상대가 북천마제 북궁천이라는 것이다.

"어둠 속에서 그를 찾는다? 좋습니다. 추적해서 그를 찾
았다 칩시다. 선우 가주, 그를 찾으면 어떻게 하실 겁니
까? 설마 그가 순순히 잡혀 줄 거라 생각하시는 건 아니겠
지요?"

관호명이 비아냥거리는 투로 말했지만 선우명도 굽히지
않았다.

"여러 사람이 합공하면 마제라 한들 어찌 견딜 수 있겠
소? 싸워 보지도 않고 포기부터 할 순 없잖소?"

"그를 쫓다가 역공을 당하면 애꿎은 무사들 목숨만 잃을
뿐입니다. 정말 쫓을 것이면 여기 있는 우리 모두가 나서
야 하는데, 그러다 피해라도 커지면 결국 천사교만 도와주
는 꼴이 될 겁니다."

우송자가 눈살을 찌푸리며 말했다.

"무량수불. 관 시주, 마제란 자가 대체 얼마나 강해서
우리 모두가 나서야 한다고 하는 거요?"

"우리뿐이 아닙니다. 영허진인께서도 나서야 할 겁니다. 그나마 그렇게 해야 그를 잡을 수 있는 확률이 반은 될 테니까요."

우송자는 어이없는 한편으로 기분이 상했다.

이제 겨우 서른도 안 된 관외의 애송이 하나 잡는 데 천하제일검이라 할 수 있는 영허진인이 나서야 하다니.

그리해도 확률이 반이라고?

그도 관호명이 헛소리나 지껄이는 사람이 아니라는 것은 알지만 아무리 생각해 봐도 말이 안 되는 소리였다.

"허, 허, 허. 그거 참……."

그 때 천기룡이 창백한 표정으로 다급히 뇌옥에 들어오며 당황한 목소리로 소리쳤다.

"궁주께서 살해당하셨습니다!"

놀란 사람들이 앞다투어 물었다.

"뭐야?"

"그게 무슨 말인가?"

"뇌옥의 상황을 보고하러 간 사람이 궁주님을 불러 봤지만 아무 대답도 없으셨답니다. 그래서 문을 열어 봤는데, 궁주께서 피가 흥건한 바닥에 쓰러져 계셨다고 합니다."

천기룡이 상황을 설명하자, 선우명이 침을 튀기며 다그치듯 물었다.

"범인은 누구라더냐? 마제가 죽인 것이라더냐?"

"아직 확실치는 않습니다만, 아무래도 화살이나 암기에 당한 후 고문을 당하신 것 같습니다."

"화살이나 암기? 고문?"

북궁천을 범인으로 몰아가려던 선우명이 움찔했다. 마제가 활과 암기를 쓴다는 말은 금시초문이었다.

'제길, 그럼 그놈이 죽인 것이 아니란 말인가?'

상황이 갑자기 혼란스러워지자 공손후가 나서서 수습했다.

"여기서 이러실 게 아니라 가서 알아보도록 하지요."

　　　*　　　*　　　*


상주로 향하는 길은 이슬로 축축이 젖어 있었다.

북궁천 일행은 이슬에 젖은 풀잎을 스치듯 밟으며 이동했다.

우영산장에 있던 정파연합이 구양환의 시신을 발견했다 해도 함부로 뒤쫓아 오지는 못할 터. 급할 것은 없었다.

그런데 용호산에서 십 리쯤 벗어났을 때였다.

깊은 상념에 빠진 표정으로 걸음을 옮기던 북궁천이 이마를 찌푸리며 걸음을 늦추었다.

그 바람에 보조를 맞춰서 걷던 삼룡과 적광도 걸음을 늦춰야 했다.

"왜 그러십니까, 주군?"

장추람이 의아한 표정으로 물었다.

북궁천은 무심한 눈빛으로 허공을 바라보더니 나직이 말했다.

"우리를 만나고 싶은 사람이 있는가 보다."

그의 말뜻을 바로 알아들은 냉호가 싸늘한 눈빛으로 뒤를 돌아다보았다.

그의 눈에는 어둠으로 물든 숲만 보였다.

"박쥐새끼 한 마리 안 보이는데요?"

"그렇게 쉽게 눈에 뜨일 자들이면 여기까지 따라오도록 모르지 않았겠지."

그만큼 강한 자들이라는 뜻.

냉호가 눈매를 꿈틀거리며 돌아섰다.

"자신 있으면 모습을 보이시지!"

그 때였다.

어느새 활을 손에 쥔 북궁천이 시위에 화살을 걸고 당겼다 놓았다.

쉐에에에엑!

어둠을 꿰뚫고 이십여 장을 날아간 화살이 아름드리나무에 꽂히면서 폭음이 터져 나왔다.

쾅!

아름드리나무가 멀리서 봐도 확연히 느껴질 정도로 몸을

거세게 떨었다.

멀어서 보이지는 않았지만, 공력이 실린 화살로 인해서 아름드리나무에는 사발만 한 구멍이 뚫려 있었다.

그 직후, 숲 쪽에서 미미한 기운이 파문처럼 번졌다.

미미하다고 해서 상대의 기운이 약하다는 뜻이 아니었다. 인위적으로 제어했던 기운을 막 풀어 줘서 처음에만 그렇게 느껴진 것일 뿐.

아니나 다를까, 약하게 일던 파문이 점점 거세지더니 해일처럼 밀려들었다.

장추람과 철교신, 적광도 예상치 못한 거센 기운에 흠칫 놀라서 몸을 돌렸다.

동시에 어둠으로 물든 숲에서 세 사람이 나왔다.

그들은 이슬로 젖은 풀잎 위를 밟고 북궁천 일행을 향해 다가오더니 오 장 거리를 두고 멈춰 섰다.

달빛에 비친 그들은 노도인이 하나, 승려가 하나, 나머지 하나는 중년으로 보이는 속인이었다.

북궁천은 그들을 둘러보다가 한 사람에게 시선을 고정시켰다.

조금 마른 것처럼 보이는 몸에 단아한 얼굴, 가슴까지 늘어진 하얀 수염. 조용히 서 있는데도 범접키 힘든 기품이 느껴지는 노도장.

그를 본 북궁천은 정말 오랜만에 순수한 투지로 가슴이

뛰었다.

세상에 도사들이 많다지만 자신의 피를 끓게 만드는 도사가 몇이나 될 것인가?

더구나 나타난 장소와 시기가 상대의 정체를 짐작케 하고도 남았다.

"무당파의 노도장이 아니십니까?"

"그렇다네. 노도가 영허라네."

역시 도성 영허진인이다.

상대의 정체를 확인한 북궁천의 눈빛이 온 세상을 뒤덮은 어둠만큼이나 깊어졌다.

"우영산장에서부터 따라오셨나 보군요."

"늙으면 잠이 적어진다네. 그러다 보니 우연찮게 밤하늘을 날아가는 자네를 보게 되었지."

"관심을 갖지 않는 게 좋을 걸 그랬습니다."

진심이었다. 영허진인은 정파연합의 중심축이라 할 수 있는 절대고수. 생사투라도 벌어진다면 어느 모로 보나 이익 될 게 없었다.

"노도도 그러려고 했지. 그런데 마음보다 몸이 먼저 움직이더군."

그 때 영허진인의 우측 이 장 떨어진 곳에 서 있던 중년인이 입을 열었다.

"대체 누가 우영산장 안을 밤새처럼 자유자재로 돌아

다닐까 곰곰이 생각해 봤네. 그리고 한 가지 결론을 내렸지. 자네가 혹시 북천궁의 주인인 북천마제 북궁천이 아닌가?"

그는 북궁천의 얼굴을 알지 못했다. 그 때문에 오히려 북궁천의 달라진 얼굴에 미혹되지 않고 침입자의 정체를 확신할 수 있었다.

북궁천의 눈이 그를 향했다.

깡마른 몸매, 그리 작지 않은 키, 나이는 사십 대 후반, 눈이 깊게 들어가서 강퍅하게 보이는 인상.

어깨 위로 삐죽 솟은 검병에는 아무런 장식도 없었는데, 그래서 더 몸매나 인상과 어울렸다.

검과 몸의 느낌이 일치된 고수!

북궁천은 그의 정체가 궁금했다.

"그렇게 묻는 귀하는 어떤 분이시오?"

"나는 목부청이라 하네."

북궁천의 눈에서 이채가 떠올랐다.

중년인이 바로 금황신군 관호명, 일양신군 등조립과 함께 오군 중 하나로 불리는 절대고수, 목령검군(木靈劍君) 목부청인 것이다.

"그렇다면 저분도 평범한 분은 아닐 것 같은데, 마저 소개시켜 주시지요."

북궁천이 영허진인의 우측에 있는 승려를 보며 말했다.

승려가 합장하며 직접 대답했다.

"아미타불. 빈승은 소림의 공려라 하오."

승려의 나이는 마흔이 안 될 것 같았다. 그런데 오륙십 대 장로와 같은 공 자 배라니.

북궁천은 문득 삼성궁에 몸담았을 때 들었던 소림의 기재에 대한 기억을 떠올렸다.

"소림제일곤(少林第一棍) 공려대사?"

"나무아미타불 관세음보살. 소림제일이라는 말은 과찬이오."

어느 하나 보통 인물들이 아니다.

영허진인과 함께 왔다는 오십여 명 중 가장 강한 고수들이 등장한 셈.

"진인, 저희를 따라온 목적을 말씀해 보시지요."

"바로 뒤따라오느라 확인하진 못했네만, 시주의 발걸음이 가벼운 걸 보니 뇌옥에 갇힌 사람을 구한 것 같구먼."

구양환과 안추승의 죽음은 아직 모르는 것 같다.

부담이 덜어진 북궁천은 순순히 대답했다.

"그렇습니다. 고문받은 상처가 너무 심해서 치료를 받기 위해 먼저 보냈지요."

의도적으로 '고문'이라는 말을 강조한 게 통했는지 영허진인이 눈살을 찌푸렸다.

"정말 고문을 받았단 말인가?"

"목숨은 구했습니다만, 아무래도 천운이 따라 주지 않으면 한쪽 발을 못 쓰게 될 것 같습니다."

"그 일에 대해 자세히 알진 못하지만 사실이라면 노도가 사과하겠네."

"그러실 필요 없습니다. 어차피 과거와는 상관없이 정파연합은 저를 적으로 생각하고 있지 않습니까? 사람도 죽었는데 정보를 얻기 위해서 고문을 하는 것쯤은 당연한 일이지요."

담담한 어조지만 그 내면에는 신랄함이 깃들어 있었다.

천사교를 금천장까지 몰아내는 데 결정적인 도움을 주었던 북궁천이 아닌가. 그런데 정파연합은 그를 적으로 취급해서 수하를 죽이고 고문했다.

아직 아무런 피해도 끼치지 않았는데도 말이다.

무리하게 손을 쓴 정파연합에 대한 질책.

영허진인은 북궁천의 말뜻을 이해하고 도호를 외며 씁쓸한 표정을 지었다.

"무량수불. 그 점에 대해서는 할 말이 없구먼."

"사과받으려고 한 말이 아닙니다. 정 그런 마음이시면 그냥 보내 주시기나 하시지요."

북궁천이 감정을 누르고 구구절절 말한 이유는 사실 그것 때문이었다.

마찰 없는 헤어짐.

그런데 목부청은 순순히 보내 줄 마음이 없었다.

"가고 싶다면 힘으로 뚫고 가게."

북궁천은 목부청의 마음을 간파했다.

    *—누가 강한지 한번 붙어 보자!*

그런 말이다.

"주군, 제가 붙어 보겠습니다."

장추람이 기다렸다는 듯 나섰다.

한 발 늦은 냉호는 아쉬움을 접고 공려대사를 바라보았다. 그런데 그가 입을 열기 전에 철교신이 먼저 앞으로 나섰다.

"땡중, 당신은 내가 맡지!"

대뜸 공려대사에게 선전포고를 날린 그는 둘로 나누어진 창을 뽑아서 조립했다.

공려대사마저 놓친 냉호는 영허진인을 바라보았다.

하지만 그는 이번에도 상대를 넘겨줄 수밖에 없었다. 북궁천이 직접 나선 것이다.

"냉호, 적광. 두 사람은 잠깐 물러나 있어."

두 사람을 물러서게 한 북궁천은 싸움의 초식을 한정했다.

"추람, 교신. 이십초만 겨뤄 봐라. 그때까지 승부가 나지 않으면 물러서."

그럼으로써 은연중 목부청과 공려까지 약속을 지켜야 하

는 상황이 되었다. 그들이 반발한다면 모를까.

하지만 그들은 이십초 안에 승부를 낼 자신이 있는지 아무런 반발도 하지 않았다.

스릉!

"자, 시작해 보실까?"

장추람이 먼저 검을 빼 들고 목부청을 향해 걸음을 옮겼다.

그들은 달빛만으로도 대낮처럼 앞을 볼 수 있는 고수들. 어둠은 그들에게 아무런 방해도 되지 않았다.


장추람의 흑풍파랑검은 무겁고 강력했다.

반면 목부청의 목령구검은 빠르고 날카로웠다.

먼저 폭풍 같은 장추람의 검세가 해일처럼 밀려가며 목부청을 압박했다.

목부청도 장추람의 강한 공세에 전력을 다해서 맞섰다.

그의 검은 번개처럼 빠르고 강했다. 실낱같은 틈도 놓치지 않는 날카로움이 깃들어 있었다.

그는 삼초의 검을 펼쳐서 해일처럼 밀려드는 장추람의 검세를 산산이 부쉈다.

콰과광! 쩌저저정!

귀청을 찢을 듯한 굉음이 터져 나오고, 장추람과 목부청이 이 장가량 뒤로 물러섰다.

목부청을 노려보는 장추람의 눈매가 어느 때보다 강렬했다.

미미하긴 하지만 자신이 밀리는 것만큼은 분명했다.

'오군이라는 이름이 거저 생긴 것은 아니군. 하지만 나를 이기기는 쉽지 않을 것이다!'

두 사람의 차이는 정신력으로 메울 수 있을 정도.

그 정도 차이는 실전에서 얼마든지 뒤집어질 수 있었다.

힘껏 검을 움켜쥔 장추람은 땅을 박차고 신형을 날렸다.

"다시 한 번 받아 봐라!"

목부청도 앞으로 미끄러져 가며 검을 들었다.

"와라!"


한편, 가슴이 뜨겁게 달아오른 철교신도 공려대사를 향해 성큼성큼 다가갔다.

"당신 곤이 강한지, 내 창이 강한지 볼까?"

후우웅!

그가 창을 뻗자 어둠이 창끝에서 휘돌았다.

공려대사는 밀려드는 압박감이 예사롭지 않음을 느끼고 침중한 표정으로 여섯 자 크기의 곤을 내밀었다.

곧 두 사람 사이에서도 일진 폭풍이 일었다.

그야말로 막상막하의 접전!

철교신은 공려대사에 비해서 실력도 뒤지지 않고 투지도

뒤지지 않았다. 다만 한 가지, 흔들림 없는 심력에서는 소림의 선승들을 사사한 공려대사를 따라갈 수 없었다.

그는 모자란 면을 실전 경험으로 메웠다.

공려대사는 생사를 넘나드는 싸움을 해 본 적이 거의 없던 터라 철교신이 변칙적인 공격을 할 때마다 물러서기에 바빴다.

고수들의 격전에 어둠이 터져 나가고 달빛이 부서졌다.

십여 초가 지나도록 승부의 추는 기울 생각을 하지 않았다.

"추람과 교신이 언제 저렇게 늘었지?"

심통이 나 있던 냉호가 솔직한 평가를 내렸다.

북궁천의 얼굴에도 만족한 표정이 떠올랐다.

상대는 오군과 소림제일승이다. 밀릴 거라 생각했다. 그런데 예상 외로 잘 싸우고 있었다.

'오늘이 지나면 또 다른 발전이 있을 것 간군.'

아무래도 중원에 온 후 몇 차례 강적과 격전을 벌인 것이 그들을 한 단계 올라서게 한 듯했다.

이십초의 대결이 그렇게 승부를 내지 못한 채 끝나자, 북궁천은 활을 적광에게 넘겨주었다.

"갖고 있어."

그러고는 영허진인을 향해 걸음을 떼며 천으로 감싸 놓

았던 묵혼을 뽑았다.

순간, 머리카락을 휘날리던 바람이 멈췄다.

영허진인은 북궁천이 한 걸음 옮길 때마다 숨 막히는 압력이 가중됨을 느끼고 경악을 금치 못했다.

북천마제에 대해서 말로만 들었던 그다.

정파연합의 수뇌부들이 북천마제를 논하면서 표정이 어두워지는 걸 보고 의아해했었다.

그런데 직접 대하고 보니 그들의 심정을 이해할 수 있었다.

영허진인은 망설이지 않고 등 뒤로 손을 뻗어 검을 뽑았다.

삼 장의 거리를 두고 마주 선 두 사람은 서로를 응시했다.

두 사람 사이의 모든 움직임이 멈췄다.

바람이 멎고 흔들리던 풀잎도 움직이지 않았다.

그 때 북궁천이 사선으로 내리고 있던 검을 들어 올리며 왼발을 앞으로 내디뎠다.

영허진인도 풀잎을 발끝으로 차고 앞으로 미끄러지며 검으로 원을 그렸다.

검과 검 사이의 거리는 일 장 반.

두 사람 사이의 공간이 순간적으로 이지러지는가 싶더니, 소리 없이 터져 나갔다.

쿠구궁!

고막을 먹먹케 하는 굉음은 나중에서야 들렸다.

찌이이익.

우뚝 선 채 뒤로 미끄러진 두 사람의 발밑에 깊은 고랑이 파였다.

하지만 그도 잠시.

북궁천이 다시 앞으로 나아가며 검을 들어서 일자패천검을 펼쳤다.

어둠이 한일자로 갈라지며 어둠보다 더 검은 검강이 영허진인을 향해 밀려갔다.

그때부터 두 사람 간에 십여 차례 공방이 오갔다.

그다지 큰 소리도 나지 않았고, 광풍이 몰아치듯 기의 폭풍도 불지 않았다.

그럼에도 누구 하나 의아하게 여기지 않았다.

바라보는 것만으로도 숨이 막혔다. 피가 끓었다.

두 사람 사이의 대기는 이미 자유를 잃고 두 사람이 휘두르는 검에 의해서 움직이고 있었다.

인간의 한계를 벗어난 절대경지의 검이 눈앞에서 펼쳐지고 있는 것이다.

그렇게 얼마나 지났을까.

쿠구구궁!

둔중한 굉음과 함께 두 사람 사이의 땅이 석 자가량 움푹 들어갔다.

동시에 두 사람이 주욱 뒤로 물러나고, 갑작스런 고요가 찾아왔다.

손에 땀을 쥐고 있던 사람들은 자신도 모르게 침을 꿀꺽 삼켰다.

그 때, 북궁천이 사선으로 들고 있던 묵혼을 내리며 무심한 어조로 말했다.

"이쯤에서 그만하지요."

"하아……."

영허진인은 탄식하며 고개를 저었다.

정확한 승패는 본인들밖에 알지 못했다. 그러나 곁에서 지켜보던 사람 중 승부의 결과를 모르는 자 또한 없었다.

"무량수불. 청천의 푸름을 노도가 섣불리 판단했던 것 같구먼."

"혹시라도 제 뜻이 궁금하시면 임 대협을 만나 보십시오."

그 말을 끝으로 몸을 돌린 북궁천은 적광에게서 활을 다시 돌려받고는 아무 일도 없었다는 듯 걸음을 옮겼다.

第二章

담판(談判)

　벽성장에 도착한 북궁천은 운공조식으로 피곤을 다스렸다. 몸보다는 마음이 더 힘들었다.

　그는 혼란스런 마음을 정리하며 오직 진아만 생각하기로 다짐하고 또 다짐했다.

　그렇게 아침이 되자 간단하게 식사를 마친 그는 벽성장을 나섰다. 장추람 등이 함께 가겠다며 나섰지만 단호하게 고개를 저었다.

　결정적인 패는 호연도광이 쥐고 있었다. 그로선 이용 가치가 많은 자신을 해칠 이유가 없었다.

　그리고 무엇보다도 그 자리에 다른 사람을 데려가고 싶

지 않았다.

어쩌면 호연도광에게 비참한 구걸을 해야 할지 모르니까. 공연한 자존심이라 할지 몰라도, 그로선 고개 숙인 마제를 수하들에게 보이고 싶지 않았다.


진시 말.

햇살이 서서히 달궈지기 시작하는 시간.

금천장 정문을 책임진 위사장 조팽은 정문 바로 앞까지 다가온 자의 앞을 턱 가로막고 고개를 쳐들었다.

'그 자식, 겁나게 크군.'

자신보다 한 뼘은 더 컸다. 왠지 어둡게 느껴지는 표정. 제법 분위기를 잡을 줄 아는 놈이었다.

고개를 삐딱하게 틀며 나름대로 거만한 자세를 취한 그는 목에 힘을 주고 물었다.

"무슨 일로 왔소?"

제법 그럴듯한 분위기가 느껴지는 자. 북궁천은 간단하게 자신의 목적을 밝혔다.

"교주를 만나러."

조팽은 어이없다는 표정으로 북궁천을 바라보았다. 하지만 곧 입가에 조소가 떠올랐다.

가끔 이런 놈이 오곤 했다.

자신이 대단한 사람이라도 되는 것처럼 어깨에 힘을 주

는 놈들이.

하지만 그런 놈들치고 진짜로 대단한 놈은 거의 없었다.

특히 젊은 놈들은.

'덩치 믿고 까불 곳이 따로 있지, 여기가 어디라고? 이 새끼도 조금 있으면 땅바닥을 기겠군.'

조팽은 나름대로 예언을 하면서 턱을 쳐들었다. 그래도 분위기 상 한 수 있는 놈 같아서 말은 조심했다.

"교주님을 만나려면 절차를 거쳐야 하오. 먼저 저 안쪽 방명록에 이름과 출신 성분을 쓰시오. 그리고 객당에서 기다리다가 허락이 떨어지면 연사당으로 가시오. 그곳에 가면……."

"그냥 가서 내가 찾아왔다고 전하기만 하면 돼."

조팽은 자신의 말을 잘라먹는 북궁천의 태도에 짜증이 났다.

"교주님이 당신을 알기라도 한단 말이오?"

"알아."

움찔한 조팽이 그제야 이름을 물었다. 아주 조심스럽게.

"이름이 어떻게 되시오?"

그 때 북궁천의 뒤쪽에서 카랑카랑한 목소리가 들렸다.

"드디어 도착했군!"

"그런데 마중 나온 놈이 하나도 없군요."

"정파연합과 싸우느라 정신이 없다고 하잖아. 우리가 이해해야지.”

조팽의 눈이 그들을 향해 돌아갔다.

목소리의 주인은 핏빛 붉은 장포를 걸친 중년인 둘이었다.

조팽은 그들의 복장만 보고도 정체를 짐작했다.

안색이 대변한 그는 급히 시선을 내리깔고 최대한 공손한 어조로 물었다.

“혹시 혈의쌍사(血衣雙邪) 형제분이 아니신지요?”

두 중년인 중 매부리코의 중년인이 웃음을 지으며 대답했다.

“낄낄낄, 맞네. 젊은 친구가 견문이 넓군.”

그가 바로 혈의쌍사 중 첫째인 시도형이었다.

조팽은 자신의 짐작이 맞자 가슴이 서늘해졌다.

혈의쌍사 시씨 형제는 겉보기와 달리 흉맹한 것으로 유명했다.

자신들 눈에 거슬린다는 이유만으로 산 사람의 다리를 찢어 죽였다는 소문도 있었다. 사실인지 아닌지 알 수는 없지만.

“이렇게 뵙게 되어 영광입니다. 안으로 들어가시지요. 방명록에는 제가 알아서 적어 놓겠습니다.”

“방명록을 왜 자네가 적는단 말인가?”

입술이 언청이처럼 틀어진 둘째 시서형이 고개를 갸웃거

렸다.

조팽이 급히 말을 바꿨다.

"번거로우실까 봐…… 두 분의 서체를 감상할 수 있다면 저야 좋지요."

"서체 감상? 설마 우리가 글자를 못 쓴다는 걸 알고 놀리려 그런 말을 하는 것은 아니겠지?"

시서형의 목소리가 차가워졌다.

조팽의 이마에 식은땀이 맺혔다.

이곳은 천사교의 총단. 아무리 한중을 피바다로 만든 혈의쌍사라 해도 함부로 굴진 못하겠지만 세상일은 누구도 몰랐다.

"설마 그럴 리가 있겠습니까?"

"그럼 자네가 알아서 적어 놓게."

"알겠습니다, 어르신!"

조팽은 가슴을 쓸어내렸다. 속으로야 욕을 했지만.

'씨발, 정말 더러워서 이 짓도 못 해 먹겠군.'

그 때 시서형이 턱을 들어서 북궁천을 가리켰다.

"그런데 저놈은 왜 가운데를 턱 막고 서 있는 거냐?"

조팽이 고개를 돌려서 북궁천에게 눈짓을 보냈다.

　　―한쪽으로 물러서!

하지만 북궁천은 비켜설 생각이 없었다.

"당신은 그 사람들이나 상대해. 교주는 내가 알아서 만나 볼 테니까."

"이, 이봐!"

조팽이 당황해서 다급히 소리쳤다.

그런데 그보다 시서형이 조금 더 빨랐다.

입꼬리를 비틀며 조소를 지은 그는 훌쩍 몸을 날려서 북궁천의 앞을 막아섰다.

"네가 좀 전에 우리더러 그 사람이라고 했느냐?"

"비켜 주었으면 좋겠군."

"뭐?"

"입술만 틀어진 게 아니라 귓구멍까지 막혔나? 비키라는 말이 안 들려?"

시서형은 엄청난 충격에 입술이 부르르 떨렸다. 사십오 년을 언청이로 살아온 그에게 그보다 더 심한 욕은 없었다.

조금은 하얗게 느껴지던 그의 얼굴이 붉게 달아올랐다.

"이, 이 개자식! 가랑이를 찢어서 죽여 버리겠다!"

그 때였다.

북궁천의 신형이 죽 늘어나는 것처럼 보였다.

"너 따위가 나를?"

일갈을 내지르며 한 걸음 내디딘 그가 주먹을 휘둘렀다.

후우웅!

시서형은 손가락을 갈고리처럼 구부리고 마주쳐 갔다.

"건방진 새끼!"

분명히 주먹이 다가오는 게 보였다. 워낙 느려서 걱정할 것이 없을 듯했다.

그런데 막 움켜쥐려는 순간 주먹이 사라졌다.

동시에 숨이 턱 막히는 가공할 압력이 밀려드는가 싶더니, 코앞에 주먹이 나타났다.

"헉!"

대경한 그는 허리를 뒤로 젖히며 두 손을 엇갈려 쳐 냈다.

그의 손에서 뻗어 나간 경력이 그물처럼 펼쳐지며 밀려드는 압력을 완화시켰다.

그나마 그의 무공이 절정에 달해 있어서 첫 번째 주먹은 막을 수 있었다.

하지만 막았다 싶은 순간, 두 번째 주먹에서 뻗어 나온 거력이 두 자 거리를 두고 오른쪽 옆구리를 강타했다.

쾅!

"크억!"

붕! 날아간 시서형의 몸뚱이가 삼 장 밖에 떨어져서 나뒹굴었다.

시도형은 생각지도 못한 상황에 눈을 부릅떴다.

"이놈!"

그는 등 뒤의 도를 뽑으며 북궁천을 공격했다.

북궁천은 고개만 돌려서 무심한 눈빛으로 시도형을 응시했다.

그도 혈의쌍사라는 이름을 들어 본 적이 있었다.

한중 일대에서 손가락에 꼽힌다는 마도고수. 굳이 따진다면 염천마도 구량이나 흑성마수 연학도와 비슷한 수준이다.

그는 그들을 알고도 고의로 감정을 건드렸다. 그들이 먼저 손을 써야 자신도 할 말이 생길 테니까.

북궁천은 시도형이 일 장 거리까지 날아오자 묵혼을 뽑았다.

쉬아아아앙!

묵혼이 허공을 사선으로 그으며 소름 끼치는 기음을 토해 냈다.

쩌정!

귀청을 찢는 굉음!

강력한 검력에 막혀서 시도형의 몸이 한쪽으로 밀려났다.

그러나 북궁천은 시도형을 밀어낸 것에서 멈추지 않고, 한 걸음 앞으로 내디디며 재차 검을 떨쳤다.

시도형의 안색이 창백해졌다.

물러서고 싶어도 그럴 수가 없었다.

눈앞을 가득 메운 거대한 검영!

오금이 저려서 몸이 굳어 발이 떨어지지 않았다.

"으아아!"

그는 악을 쓰듯이 외치며 혼신의 힘을 다해 도를 휘둘렀다.

시퍼런 강기가 도신에서 어른거리며 그물처럼 펼쳐졌다.

그 순간, 시커먼 벼락이 그물을 가르고 그의 머리 위로 떨어졌다.

쾅쾅광!

"크어억!"

거센 충격을 이기지 못한 시도형의 몸뚱이가 뒤로 튕겨지더니 떼굴떼굴 굴렀다.

네 바퀴나 구른 후 겨우 멈춘 그는 두 손으로 땅을 짚고 고개를 쳐들었다.

공포에 질린 눈빛. 온몸이 떨렸다.

"그, 그대는 누구……?"

북궁천은 더 공격하지 않고 묵혼을 거두어 들였다.

두 사람은 한동안 골방 신세를 져야 할 터. 어차피 죽일 수 없다면 더 손을 쓸 필요도 없었다.

"북궁천."

"마, 마제?"

대경한 시도형이 입에서 피를 뿜으며 푸들푸들 웃었다.

"크, 크, 크. 과, 과연 대단⋯⋯."

"운 좋은 줄 알아. 내 아들만 아니었으면 지금쯤 지옥으로 달려가고 있었을 거다."

혈의쌍사는 천사교에서 초청한 자다.

죽이면 호연도광이 또 무슨 대가를 요구할지 모르는 일. 진아가 그에게 있는 이상 손해나는 일은 최대한 자제해야 했다.

'저런 자들이 얼마나 몰려올지 모르겠군.'

북궁천은 몸을 돌려서 안쪽으로 걸음을 옮겼다.

이번에는 조팽도 말리지 못했다.

말릴 수도 없었고.

공포에 질려서 입이 떨어지지 않았으니까.

'지, 지미. 마누라가 때려죽인다 해도 내일은 그만둬야 겠어.'

마누라는 그가 공돈이 생기는 정문위사 자리에 있는 것을 무척이나 좋아했다. 그런데 아무래도 더 있다가는 며칠 못 살 것 같았다.

그 때였다.

"멈춰라!"

북궁천이 걸어가는 앞에서 대여섯 명이 빠르게 달려오더니 성난 표정으로 길을 막았다.

그들 중 수염이 텁수룩한 자가 눈을 치켜뜨고 다그치듯

이 물었다.

"누군데 감히 이곳에서 싸우는 것이냐?"

북궁천은 걸음을 멈추지 않았다.

소란이 벌어진다 해도 그에게는 나쁠 것이 없었다. 그 핑계를 대고 몇 놈 더 두들겨 패면 답답하던 기분이 조금은 풀어질 것 같았다.

"교주를 만나러 왔다. 안내해."

정문이 있는 동쪽 경비 책임자, 법당주 만가기는 북궁천의 거만한 말투에 눈살을 찌푸렸다.

"대답하지 않으면 통과시킬 수 없다."

"그래? 그럼 내가 알아서 찾아가지."

만가기는 상대의 태도에 어이가 없었다.

감히 여기가 어딘 줄 알고!

"뭐 이런 미친놈이……!"

그가 옆구리의 칼을 움켜쥐자, 조팽이 다급히 소리쳤다.

"비켜요, 당주! 북천마제입니다!"

만가기는 발에 뭐라도 묻은 것처럼 후다닥 두어 걸음 물러섰다.

북궁천은 여전히 똑같은 보폭으로 걸음을 옮겼고.

"안내하기 싫으면 비켜서."

\*         \*         \*

결국 만가기가 금화전까지 안내했다.

그 덕에 금화전까지 가는 동안 아무런 제지도 받지 않았다.

수염이 텁수룩한 만가기는 가끔 힐끔거려서 마제의 얼굴을 훔쳐보았다.

'조까, 하마터면 죽을 뻔했네. 성질이 더러워서 여차하면 목을 따 버린다고 하던데.'

조금 전 일만 생각하면 가슴이 벌렁거렸다.

나중에서야 쓰러져 있는 두 사람이 혈의쌍사라는 걸 알고 얼마나 놀랐던가.

아마 조팽이 조금만 늦게 소리쳤으면 목이 떨어졌을지도 몰랐다.

'그 새끼, 다음 달에도 정문을 맡겨야겠군.'


금화전을 경비하고 있던 자들은 찾아온 손님이 마제라는 걸 알고 즉시 안에 기별을 넣었다.

"천사의 지존이시여! 마제 북궁천이 찾아왔습니다."

호연도광은 호탕한 목소리로 출입을 허락했다.

"들여보내라."

곧 커다란 전각문이 열렸다.

북궁천이 걸음을 옮기려는데 호위무사가 손을 내밀었

다.

"무기는 이곳에 맡겨 놓으시오."

순순히 검을 풀어 준 북궁천은 뒷짐 진 오만한 자세로 걸음을 옮겨서 안으로 들어갔다.

드넓은 금화전 안으로 들어가자 호연도광이 정면에 보였다.

그의 앞 좌측에는 작은 체구에 뾰족한 도관을 쓴 숙야돈이 서 있었고, 우측에선 처음 보는 중노인이 비스듬히 서서 자신을 바라보고 있었다.

전에 봤던 두 흑의중년인은 호연도광의 좌우에, 천사팔혼은 양옆 벽 쪽에 석상처럼 시립해서 들어서는 북궁천을 노려보았다.

북궁천은 턱을 치켜들고 당당하게 걸어갔다.

어느 누구도 그의 행동에 토를 달지 못했다.

호연도광의 전면, 삼 장 떨어진 곳에 도착했을 때 호연도광이 손을 들었다.

"거기까지. 네 손은 너무 사납거든?"

순순히 걸음을 멈춘 북궁천은 좌우를 둘러보았다.

먼저 중노인과 눈이 마주쳤다.

반백의 머리, 감정이 거의 느껴지지 않는 표정. 나이는 쉰이 넘은 것 같은데, 가늘면서도 긴 눈에선 칼날처럼 날카로우면서도 강한 힘이 느껴졌다.

'누군지 몰라도 대단한 기운을 갈무리하고 있는 자군.'

뒤이어 숙야돈과 눈이 마주쳤다.

숙야돈의 표정이 묘하게 이지러졌다.

혹시라도 북궁천이 북혈회에 대해서 말하기라도 한다면 곤란한 일이 아닐 수 없었다.

그런데 북궁천이 먼저 전음을 보냈다.

—나중에 이야기 좀 하지?

숙야돈은 가슴이 뜨끔했다.

북궁천이 놀리고 있다는 걸 그가 왜 모를까?

—알았으니 교주님 앞에서 엉뚱한 소리 하지 말게.

—걱정 마. 나도 사교령을 곤란하게 만들고 싶지 않으니까.

숙야돈으로선 다행히 아닐 수 없었다. 그런 한편으로는 북궁천에게 속았다는 생각이 들자 입맛이 썼다.

'빌어먹을 놈.'

그사이 북궁천은 자연스럽게 고개를 돌려서 호연도광의 좌우에 서 있는 흑의중년인들을 바라보았다.

"저들의 능력으로는 나를 막기 힘들 텐데, 아직 마땅한 사람을 구하지 못했나 보군."

흑의중년인의 석상 같은 표정에 금이 갔다. 하지만 북궁천의 강함을 몸으로 겪어 본 그들은 감정을 드러내지 못했다.

호연도광은 북궁천의 말에 웃음을 지었다.

"후후후, 흑마이령이 모자란 게 아니라 네가 특별한 거다. 너만 아니라면 누구든 이들의 합공을 벗어나기 힘들 거야."

"나를 높게 쳐줘서 고맙군."

"본좌는 사실을 말한 것뿐이야. 그건 그렇고, 무슨 일로 찾아왔느냐?"

"진아를 잠깐 보고 싶어서."

호연도광의 입가에 떠오른 웃음이 짙어졌다.

"미안하지만 아직은 안 된다. 너는 약속을 아직 지키지 않았잖느냐?"

"삼성궁의 궁주 구양환과 절검당주 안추승을 죽였으면 얼굴 정도는 봐도 되지 않을까?"

그 말을 듣고도 호연도광은 놀라지 않았다.

"그러잖아도 조금 전에 보고를 받았다. 누가 죽었나 했더니 너였군. 적진 중앙에 들어가서 구양환을 죽이다니. 정말 대단해."

숙야돈이 보고를 올린 듯했다.

"들었다니 말하기가 쉽군. 나는 절대 진아를 뺏기 위해서 공격하지 않을 거다. 어차피 상의해야 할 이야기도 남았으니까."

"흠, 그래?"

호연도광은 턱을 쓰다듬었다. 머리에 쓴 황금빛 도관에 달린 구슬이 출렁거리며 휘황한 빛이 파도쳤다.

그렇게 다섯을 셀 시간이 흘렀을 때 호연도광이 왼손을 들었다.

"종척. 가서 아기를 데려와라."

왼쪽에 서 있던 흑의중년인이 말없이 고개를 숙이고 몸을 돌려서 뒷문으로 나갔다.

그제야 북궁천의 눈이 중노인을 향했다.

"처음 보는 분 같은데, 누구신지?"

중노인은 분노가 깃든 눈빛으로 북궁천을 노려보았다.

"노부는 위지 성에 완이라는 이름을 쓰느니라."

북궁천의 두 눈에서 가벼운 놀람의 빛이 번뜩였다.

기련검마(祁連劍魔) 위지완. 기련산의 제왕이라는 그가 천사교에 와 있을 줄이야.

"놀랍군. 귀하가 이곳에 있다니."

"듣자하니 네가 진원보에서 내 사제를 죽였다고 들었다."

"귀하의 사제? 내 손에 죽은 사람이 워낙 많아서 누군지 모르겠군."

위지완의 눈빛이 살모사처럼 차가워졌다.

"나등위를 모른단 말이냐?"

"글쎄, 그런 이름은 모른다니까?"

"이 건방진 놈이……!"

"건방지다? 기련산에서 이름 좀 얻으니까 나 같은 사람은 눈에 보이지도 않는 모양이지?"

"네놈이 감히!"

인내심이 한계에 달한 위지완이 눈을 치켜뜨며 주욱 앞으로 나섰다.

북궁천이 바라던 바였다. 위지완의 감정을 고의로 건드린 것도 그러길 바랐기 때문.

"얼마든지 덤벼 봐!"

일순간!

두 사람이 동시에 손을 뻗고, 일 장 공간에서 강력한 진기의 폭풍이 일었다.

쿠구구궁.

금화전을 뒤흔드는 둔중한 꿍음과 함께 위지완이 뒤로 밀려났다.

북궁천도 밀려나긴 했지만 위지완에 비하면 절반의 거리밖에 안 되었다.

자존심이 상한 위지완이 검병을 잡았다.

"오냐, 이놈! 내 오늘 네놈의 건방진 코를 잘라 주마!"

그 때 호연도광이 손을 들어서 위지완을 말렸다.

"아아, 위지 형. 참으시오. 그 친구는 지금 자식 때문에 제정신이 아니오."

위지완은 분노의 불길을 토해 내면서도 검을 뽑지 못했다.

그로선 호연도광의 말을 거역할 수 없었다. 한편으로는 호연도광이 말려 준 것을 다행으로 생각했고.

북천을 피로 쓸어버린 마의 제왕. 북천마제에 대한 소문은 허언이 아니었다. 호연도광이 말리지 않았다면 창피한 꼴을 당했을지 몰랐다.

'빌어먹을. 어린놈이 이렇게 강하다니.'

이를 으드득 간 그는 검병을 놓고 짐짓 참는다는 표정을 지으며 뒤로 물러났다.

"교주의 앞이라 오늘은 참는다만, 다음에 만나면 네놈의 목을 쳐서 사제의 복수를 하고 말겠다."

북궁천은 나중보다 지금 싸우는 게 나았다.

"그럴 것 없이 지금 결정을 내는 게 좋을 것 같은데?"

하지만 그의 의도는 또다시 호연도광에 의해 막혔다.

"싸우겠다면 말리지 않으마. 대신 아기는 볼 생각 마라. 그래도 좋다면 마음대로 해."

북궁천은 언제 그랬냐는 듯 담담한 표정으로 시선을 돌리며 투덜거렸다.

"아기가 늦게 나오니까 이런 일이 벌어지지. 근데 왜 이렇게 안 와?"

잠시 후.

종척이라 불린 흑의중년인이 아기를 안고 와서 호연도광에게 건넸다.

"하부지……."

까르르르르.

아기가 호연도광의 수염을 만지며 해맑게 웃었다.

북궁천은 가슴이 찢어질 것 같은 기분 속에서도 아기의 모습이 너무 귀여워서 웃음이 저절로 떠올랐다.

―진아야, 내가 네 아빠란다.

그가 보낸 전음에 아기가 힐끔 고개를 돌려서 두리번거렸다.

―이 아빠의 이름은 북궁천, 엄마의 이름은 헌원려려, 네 이름은 북궁진이란다.

두리번거리던 아기가 눈을 깜박이며 말했다.

"아빠아아 북구처언? 음마아아아 허언려어어? 부구지이인?"

진아가 말을 한다. 자신의 이름을 부른다.

북궁천은 진아의 목소리를 듣고 눈가장자리가 찡하니 울렸다.

―그래, 아빠가 북궁천이다. 엄마가 헌원려려고. 그리고 네 이름이 북궁진이다!

전음을 보내는 그의 목소리가 가늘게 떨렸다. 말을 할

때마다 눈물이 날 것 같았다.

그런데 호연도광이 기이한 미소를 짓더니 공력을 끌어올려서 음파를 차단해 버렸다.

그 때 두리번거리던 아기가 북궁천을 빤히 바라보며 입을 달싹거렸다.

——*북구처언? 허언려어어?*

분명 말하는 것 같은데 아무 소리도 들리지 않는다.

북궁천은 호연도광이 음파를 차단했다는 걸 알고 눈을 부릅떴다.

"무슨 짓이냐?"

"그 정도면 되지 않았나? 감정이 격해져 봐야 좋을 것 없을 텐데?"

북궁천은 처음으로 그에게 사정했다.

"잠시만, 잠시만 이야기를 하게 해 다오."

"나중에 또 다른 소식을 가져오면, 그때는 더 많은 시간을 주지."

참으로 철저한 자다. 이러한 상황마저 이용하다니.

북궁천은 호연도광의 뜻을 알면서도 이를 갈며 참을 수밖에 없었다.

"종척, 아기를 다시 데려가라. 혹시 침입자가 있을지 모르니 철저히 지키라고 해."

흑의중년인은 아기를 받아서 다시 뒷문을 통해 나갔다.

그제야 호연도광이 북궁천에게 물었다.

"상의할 이야기가 있다고 했던가?"

북궁천은 뒷문에서 시선을 떼고 호연도광을 직시했다.

"내가 두 사람의 머리를 가져다주겠다. 그들과 진아를 교환하자."

"두 사람? 하하하하. 내가 잘못 들은 것은 아니겠지? 아니면 네가 본좌의 조건을 잘못 알아들었던가."

"조건에 대해선 나도 안다. 하지만 내가 말하는 두 사람이라면 그대도 만족할 거다. 이미 구양환을 제거한 점도 더해서 생각하면 될 것이고."

"흐음, 그래? 그럼 일단 누군지나 들어 볼까? 그 두 사람이 정말 내 마음에 드는 사람이라면 한번 생각해 보지."

"첫 번째 사람은 임강령이다."

"고검 임강령?"

"그는 구양영과 등조립을 죽음으로 내몰아서 천사교의 계획을 엉망으로 만든 자지."

호연도광이 천천히 고개를 끄덕였다.

"맞아. 그는 절대 용서할 수 없는 놈이지. 아주 위험한 놈이기도 하고. 정파연합에서 제일 죽이고 싶은 놈 중 하나야."

"만족한 것 같아 다행이군."

"하지만 그자만으로는 부족해. 또 한 사람은 누구지?"

북궁천이 심호흡을 하고 입을 열었다.

"이미 죽은 자."

"음?"

호연도광이 흠칫하며 눈을 치켜떴다.

반면 한쪽에 있던 숙야돈은 얼굴이 창백하게 굳어졌다.

그들은 북궁천의 말만 듣고도 누구를 말하는지 눈치챈 것이다.

"그가…… 살아 있었던가? 유원당이?"

북궁천은 느릿느릿 고개를 끄덕였다.

"알고 보니 그 대신 다른 사람이 죽었더군."

"그래? 그거 재미있는 일이군."

"천사교에서 목숨을 노릴 거라 생각하고 가짜를 준비해 놓은 모양이다. 결국 천사교의 암살자는 가짜를 죽인 셈이지."

"유원당이 모습을 숨긴 채 뒤에서 수뇌부 몇 명을 조정했단 말이지?"

"맞아."

호연도광의 눈이 숙야돈을 향했다.

"내가 이긴 것 같구나."

털썩.

숙야돈이 무릎을 꿇고 떨리는 목소리로 말했다.

"용서해 주십시오, 교주. 제가 어리석었습니다!"

"네가 어리석은 게 아니라 유원당이 뛰어난 거다. 너와 본좌의 눈을 잠시 속인 것만 해도 정말 대단한 자가 아니냐?"

"그자가 그런 여우 짓을 할 줄은 생각도 못 했습니다."

"너는 그가 강호 정파의 군사가 아닌 황군의 군사였다는 점을 생각했어야 했다. 그 차이점만 알았어도 그에게 속지 않았을 거야."

"속하의 잘못을 뼈저리게 느끼고 있습니다. 그 일을 제대로 수행하지 못한 소이정을 엄히 문책하고 속하 역시 벌을 받겠습니다, 교주!"

"사야승이 죽었는데 너마저 없으면 본좌가 힘들어진다. 이번 한 번은 용서할 테니 두 번 다시 실수하지 않도록 해라."

"망극하옵니다, 교주!"

숙야돈은 이마를 바닥에 찧으며 감격했다.

한편 그들의 대화를 듣고 있던 북궁천은 괴이한 표정을 지었다.

호연도광이 알지 모른다는 것은 어느 정도 예측했던 바다. 문제는 숙야돈의 입에서 나온 이름이다.

'유 원주를 암살한 자가 소이정이라고?'

그것도 모르고 그를 이용하려 했던 걸 생각하니 어이가 없었다.

유원당이 살아 있기에 망정이지, 모른 상태에서 그 사실을 알았다면 자신의 손으로 소이정의 목을 쳤을 것이 아닌가 말이다.

어쨌든 호연도광이 유원당을 높게 평가하는 걸 보니 일단 유원당의 말대로 될 듯했다.

'유 원주와 임 대협 대신 고수 다섯 명 정도 죽이면 호연도광도 만족하겠지.'

그는 나름대로 계산을 해 보고 냉랭히 말했다.

"협상을 받아들이겠다면 이틀 내로 요구를 마무리 짓겠다."

그런데 호연도광이 그를 빤히 보며 미묘한 웃음을 지었다.

"그 둘로는 본좌가 조금 손해 보는 것 같군."

"손해? 그 두 사람에 구양환과 안추승까지 죽였는데도?"

"이렇게 하지. 네가 그 둘 외에 한 사람의 머리만 더 가져오면 아기를 돌려주마."

한 사람 정도라면 크게 문제 될 것이 없다.

"누구의 머리를 바라는 거지?"

"영허."

"……."

"그 늙은 말코 머리까지 세 개를 가져와라. 그럼 아기

를 돌려주마. 물론 너는 약속한 대로 아기를 받는 즉시 중
원을 떠나 북천으로 돌아가서 다시는 돌아오지 않아야 한
다.”


*　　　*　　　*


금천장을 나온 북궁천은 벽성장으로 돌아가지 않았다.

돌아가서 고뇌하고 손익을 계산할 시간도, 마음의 여유
도 없었다.

또한 장추람 등과 함께 가는 것보다는 혼자서 움직이는
게 편했다.

설마 다녀올 동안 무슨 일이 벌어지랴?

그렇게 생각한 북궁천은 발길을 영서 쪽으로 꺾었다.

‘영허까지 죽이려면 바쁘겠군. 어제 죽일 걸 그랬나? 아
니지, 그랬으면 호연도광은 또 다른 사람의 목을 요구했을
거야.’

하지만 그는 십 리도 못 가서 걸음을 멈춰야 했다.

한숨을 쉴 것 같은 표정으로 고개를 저은 북궁천은 고개
를 돌리고 뒤쪽의 숲을 향해 말했다.

“나와.”

곧 장추람과 냉호, 철교신, 임표, 담운, 마지막으로 적광
이 머쓱한 표정으로 숲에서 나왔다.

"왜 따라왔어?"

장추람이 머리를 긁적이며 대답했다.

"아무래도 혼자 가실 것 같아서 따라왔죠."

너무 잘 알아도 탈이었다.

"그럴 생각이야. 너희들은 돌아가 있어."

"싫습니다. 주군 혼자 적진으로 보내는 수하들이 어디 있습니까? 만약 여우가 이 사실을 알면 저희들이 말라죽을 때까지 괴롭힐 겁니다."

냉호와 철교신도 장추람을 거들었다.

"주군께선 릉효가 얼마나 지독한 놈인지 모르십니다. 차라리 저희더러 여기서 죽으라고 하십시오."

"청랑왕과 싸울 때 주군을 혼자 보냈다고 석 달 열흘 동안 볶아 댄 놈입죠."

혼자 가려면 죽이고 가라는 놈들이다. 말려야 들을 것 같지도 않다. 들을 놈들도 아니고.

흘러가는 시간만 아까웠다.

"좋아, 그럼 따라와. 단, 내 허락이 떨어지기 전까지는 일절 끼어들지 마."

장추람의 표정이 환해졌다.

"당연하죠! 저희가 어찌 주군의 명령을 어기겠습니까?"

냉호는 당장 칼을 뺄 것처럼 도병을 잡고 소리쳤다.

"어기는 놈은 제가 목을 쳐 버리겠습니다!"

적광이 냉호를 노려보았다. 하지만 입가에는 희미한 미소가 걸려 있었다.

지금까지 살아오면서 이런 사람들은 처음이었다.

그 때 임표가 뭔가를 내밀었다.

"이거 쓰시는 게 낫지 않겠습니까?"

금천장에 가기 위해서 벗어 놓았던 인피면구였다.

그런데 인피면구를 본 북궁천의 눈빛이 묘하게 번뜩였다.

'인피면구라⋯⋯.'

*        *        *

"그게 정말인가?"

"예, 원주."

방철산은 숙야돈에게서 주서광의 제자인 소이정이 유원당을 죽이지 못했다는 말을 듣고 하얀 웃음을 지었다.

임무실패는 큰 죄다. 그 자체로 주서광을 문책할 수는 없지만, 다른 일과 겹치면 상황이 달라질 것이다.

"아주 좋은 소식이군."

숙야돈도 단단히 화가 난 상태였다.

죽은 줄로만 알았던 유원당이 살아 있다니!

하마터면 소이정의 임무 실패로 인해서 자신이 죽을 뻔

하지 않았는가 말이다.

이 기회에 방철산과 관계를 돈독히 해서 확실한 목숨줄 하나 마련해 놓는 것도 괜찮을 듯했다.

'주서광 하나쯤은 없어도 상관없어.'

오히려 장로원과 호법전의 알력을 제거하는 것이, 늙어서 제 역할도 못 하는 주서광 한 사람보다 나을지 몰랐다.

"원주께서 먼저 교주님께 총령의 죄에 대해서 말씀드리십시오. 그럼 제가 거들도록 하겠습니다."

방철산은 한 발 뒤로 빠지는 숙야돈이 얄미웠지만 미소를 지으며 대답했다.

"알겠네. 자네만 확실히 거들어 준다면 주서광을 제거하는 것도 어렵지 않네. 그리고 주서광을 제거하면 일단 자네가 호법전을 총괄하도록 하게. 그래야 나도 안심하지."

숙야돈으로선 나쁠 게 없었다.

명색만 군사인 사교령보다 호법을 총괄하는 총령의 자리가 백배 나았다.

"원주께서 그렇게까지 생각해 주시는데 제가 어찌 힘을 아끼겠습니까?"

"허허허, 그게 어찌 내 덕인가? 자네가 능력이 있기 때문이지."

"장로원과 호법전이 힘을 합치면 본 교의 힘도 그만큼 커질 겁니다."

"이 늙은이가 원하는 것도 바로 그거네! 확실히 자넨 내 마음을 알아. 허허허허."


방철산과 숙야돈이 누런 이를 드러내며 웃고 있던 그 시각.

주서광은 오만 가지 인상을 다 쓰며 소이정을 닦달했다.

"이 바보 같은 놈! 죽은 사람이 누군지도 확인해 보지 않았단 말이냐? 살수의 기본도 안 된 놈이 어찌 본 문을 이어받겠단 말이냐!"

소이정은 할 말이 없어서 목소리가 기어 들어갔다.

"분명히 제가 확인했는데……."

주서광은 그 어느 때보다 소이정을 때려죽이고 싶은 마음이 강했다. 오죽하면 부들부들 떨리는 손에 핏대가 툭툭 튀어나왔다.

하지만 어쩌랴, 하나밖에 없는 외손자를 죽일 수도 없고.

'끄응. 내가 이러다 핏대가 터져서 죽고 말지.'

그 때 소이정이 슬그머니 고개를 들고 말했다.

"다시 가서 죽이면 안 될까요?"

"그자가 '죽여 줍쇼!' 하고 고개를 내민다던?"

"언제는 뭐 고개를 내밀어서 죽였습니까?"

"시끄러!"

찔끔한 소이정은 자라처럼 목을 쏙 집어넣고 주서광의 눈치만 살폈다.

그러다 문득 떠오르는 생각에 넌지시 말했다.

"저, 방 늙은이도 알겠죠?"

주서광이 스윽, 서릿발이 쏟아지는 눈길을 돌려 소이정을 노려보았다.

"지금은 몰라도 곧 알게 될 거다."

"괜찮을까요?"

"네놈을 뇌옥에 집어넣으려고 혈안이 되겠지."

"저 말고 외조부님요. 저야 뭐 어떻게든 견딜 수 있지만……."

까짓거, 정 안 되겠으면 도망가면 된다.

문제는 외조부다.

그 늙은이는 자신의 일을 꼬투리 삼아서 외조부를 괴롭히고도 남을 자였다.

주서광은 소이정의 말을 듣고 갑자기 가슴이 찡하니 울렸다.

외손자가 본인의 고생보다 외조부를 먼저 생각하고 있지 않은가?

그리고 보면 세상에서 자신을 먼저 생각해 줄 수 있는 사람은 소이정밖에 없었다.

밑에 있는 호법들도 알고 보면 다 자신들의 이익만 추구

할 뿐. 그들은 아마 자신들에게 피해가 간다면 언제 봤냐는 듯 고개를 돌릴 것이다.

마도의 사악한 종자들이 별수 있을까?

자신조차도 다른 사람으로 인해서 피해를 입고 싶지 않거늘.

'그래도 손자라고…….'

항상 어린 줄로만 알았는데 제법 대견한 면이 있다.

그 때 문득 주서광의 눈빛이 흔들렸다.

'맞아, 방철산은 이 기회를 놓칠 놈이 아니야.'

그는 빠르게 머리를 굴렸다.

자신에게 무슨 일이라도 생기면 외손자를 보호해 줄 사람이 없다. 방철산은 그냥 죄를 묻는 정도로 끝내지 않을 것이다. 풀어 주면 복수하겠다고 할지 모르니까.

잠시 후, 생각을 정리한 그는 소이정을 지그시 내려다보았다.

"이정아, 가서 유원당이 정말 살아 있는지 확인해 봐라."

소이정이 슬쩍 눈을 들었다.

"살아 있으면…… 죽여요?"

"확인만 해. 함부로 달려들지 말고. 그리고 그가 정말 살아 있으면, 이삼 일 살펴보면서 네 죄를 만회할 정보를 가져와."

소이정의 처졌던 어깨가 조금 펴졌다. 정보만 얻는 거라면 크게 어려울 것도 없었다.

"그 정도야 뭐…… 그런데 제가 없으면 방 늙은이가 가만있을까요?"

"그 일은 내가 알아서 둘러댈 테니, 너는 네 일이나 잘해, 이놈아! 또 실수하지 말고!"

찔끔한 소이정이 눈치를 보며 대답했다.

"걱정 마시라니까요."

"어서 가 봐."

"지금요?"

"그럼 방 늙은이가 사람을 보낼 때까지 기다릴래?"

그럴 수는 없었다.

"알았어요. 지금 가죠, 뭐."

소이정은 풀죽은 모습으로 몸을 돌려서 자신의 방에 들어갔다. 호법전을 남몰래 빠져나가는 비밀통로가 그 방에 있었으니까.

주서광은 소이정이 밀실로 들어가고 벽이 닫히자 이를 지그시 악물고 허공을 노려보았다.

'방철산, 네놈이 아무리 날뛰어도 이정이만큼은 넘겨주지 않을 거다.'

第三章

공격 결정은 내려지고

　금천장에 웅크리고 있는 천사교가 조용한 반면, 영서에 머물고 있는 정파연합은 구양환이 살해당했음에도 사기가 충천했다.

　죽은 줄 알았던 총군사 유원당이 살아 있다는 것이 알려진 것이다.

　더구나 우영산장의 대승을 실질적으로 이끈 사람이 유원당이라 하지 않은가.

　분위기만으로는 당장 천사교를 무너뜨리고 평화를 되찾을 것 같았다.

　그러한 분위기를 반영하듯 우영산장의 대전에서 열린 정

파연합 수뇌부 총회의 열기는 무척이나 뜨거웠다.

"망설일 것이 뭐 있습니까? 당장 공격합시다!"

괄괄한 성격의 진왕리가 당장 달려갈 것처럼 소리쳤다.

대부분의 사람들이 그의 말에 찬성했다.

"숫자도 우리가 많고 고수도 많습니다. 질 이유가 없지 않습니까?"

"하루빨리 놈들을 물리치고 강호를 진정시킵시다!"

"구양 궁주도 놈들이 보낸 자객이 죽였을 거요! 총군사! 공격 명령을 내려 주시오!"

당장 검을 빼 들고 뛰쳐나갈 것 같은 기세.

유원당은 그들처럼 형세를 낙관하지 않았다. 그렇다고 해서 군웅들의 들끓은 감정을 무시하기에는 분위기가 너무 뜨거웠다.

무작정 붙잡아 두면 갑론을박하다가 그 열기가 내부를 태워 버릴지도 모르는 일.

한편으로는 사기가 올랐을 때 밀어붙이는 것도 나쁘지 않을 것 같았다.

공격해서 효과가 좋으면 그건 그것대로 이익이다.

설사 이익이 크지 않다 해도 북궁천의 제안을 호연도광이 받아들이게 하려면 가만히 있는 것보다 강하게 흔들어 대는 게 나을 터.

결정을 내린 유원당은 자리에서 일어나 사람들을 둘러보

았다.

"좋습니다. 전열 정비도 끝났으니 움직여 보지요. 곧 각 세력별로 이동 명령이 떨어질 것이니, 명령이 떨어지면 그 대로 행해 주시기 바랍니다."

드디어 총공격이 눈앞이다!

가슴이 뜨거워진 군웅들은 벌떡벌떡 일어나서 포권을 취하며 반겼다.

"알겠소이다, 총군사!"

"맡겨 주시구려!"


총회의가 끝난 뒤. 유원당은 자신의 방에서 군사직을 수행하던 세 사람과 마주 앉았다.

공손후는 미리 알고 있어서 담담했지만 위효릉과 제갈상은 표정이 제각각이었다. 탐탁지 못한 표정의 위효릉, 경이의 표정을 짓는 제갈상.

유원당은 그들과 반 시진에 걸쳐서 공격 방법을 의논했다.

위효릉이 시시콜콜 반대 의견을 피력했다. 하지만 공손후가 무조건 유원당 편을 들고, 제갈상은 감정을 배제한 채 냉정히 상황을 판단하다 보니 논의는 일사천리로 진행되었다.

그런데 논의를 마친 세 사람이 방을 나간 지 얼마 되지 않아서 영허진인이 찾아왔다.

"총군사, 영허진인께서 찾아오셨습니다."

유원당은 눈을 뜨고 자리에서 일어나 영허진인을 맞이했다.

"안으로 모셔라."

곧 영허진인이 담담한 표정으로 들어왔다.

"어쩐 일이십니까, 진인?"

"상의할 일이 있어 왔네."

"앉으시지요."

영허진인이 앉자 시비를 대신해서 시중을 드는 종리기진이 차를 내왔다.

유원당은 영허진인이 먼저 입을 열 때까지 기다렸다.

차로 입술을 축인 영허진인은 찻잔을 내려놓고 자세를 단정히 하고 입을 열었다.

"어젯밤 북궁 시주를 만났네."

유원당의 눈이 휘둥그레졌다.

"그게 사실입니까?"

"대단하더군. 사람들이 왜 마제, 마제 하는지 알 수 있었지."

유원당은 결과가 궁금해 미칠 것 같았지만 묻고 싶은 걸 꾹 참았다.

"그가 저쪽에 있는 이상 모든 일에 신중을 기할 수밖에 없습니다."

"노도 역시 같은 생각이네. 사실 그래서 찾아온 거지."

"하시고 싶은 말씀이 있으면 뭐든 하시지요."

"금천장을 공격하기로 한 결정은 나 역시 찬성이네. 단, 그에 대해서 별도의 대책을 마련했으면 하네."

"어떤 식으로 대처하면 좋겠습니까? 의견이 있으면 말씀해 보시지요."

"그가 정말 천사교 쪽에 서게 된다면, 적어도 세 명의 고수를 따로 배정해서 그를 상대해야 하네. 그의 수하까지 합하면 모두 일곱이 되겠지. 그 정도의 인원을 빼낼 수 있을지 모르겠군."

단순한 고수를 말함이 아니다. 정파연합에서 가장 강한 자들이 나서야 될 터.

문제는 그들이 빠질 경우다.

과연 그러한 전력으로 천사교를 이길 수 있을까?

더구나 그들이 북천마제 일행을 이긴다는 보장도 없는 상황이 아닌가 말이다.

"진인이 말씀하신 인원을 빼내면 전력에 큰 차질이 올 겁니다. 사실 그래서 저는 마제를 이번 싸움의 가장 큰 변수로 생각했지요."

"노도도 총군사의 말을 이해하네. 허어, 직접 겪어 보지 않았다면 노도 역시 믿지 않았을 거야."

"공격을 망설인 것도 바로 그 점 때문입니다. 당장 싸움을 벌이면 그는 천사교를 위해서 싸울 수밖에 없습니다. 아니, 아기를 위해서 싸운다고 봐야겠지요."

정파연합의 적으로 말이다.

"아무래도 그러겠지."

고개를 주억거리는 영허진인의 표정이 침중해졌다.

"하지만 한껏 올라간 사기가 식으면 그 또한 좋지 않을 것 같아서 공격하기로 결정한 겁니다."

"으으음, 총군사의 말이 맞네."

"현재로서는 피해를 최소화하고 그를 적으로 삼지 않는 것이 최선이라고 봅니다."

"노도가 왜 총군사의 말을 모르겠는가? 그렇게만 된다면야 더 바랄 게 없지."

"진인, 일단 마제와 관계된 일은 저를 믿고 모든 걸 맡겨주십시오. 저에게 나름대로 생각이 있습니다."

"그를 막을 수 있는 방법이 있단 말인가?"

유원당이 미소를 지으며 답했다.

"최선을 다하면 하늘도 알아주겠지요."

\*　　　\*　　　\*

신시 초.

쾅!

화살 하나가 임강령의 처소 기둥에 깃만 남기고 꽂혔다.

경비무사는 화살이 워낙 깊게 박혀 있자, 깃에 달린 종이만 떼어 냈다.

종이는 간단한 내용이 적힌 서신이었다.

경비무사는 서신 겉에 쓰인 이름을 보고 곧장 임강령에게 가져다주었다.

임강령은 정황을 전해 듣고 눈살을 찌푸리며 서신을 받아서 펼쳤다. 내용은 정말 간단했다.


　　반 시진 후 용호산 뒤쪽 산자락 아래에 있는
　산신당에서 봅시다.


임강령은 서신을 보낸 사람이 북궁천임을 감지하고 유원당을 찾아갔다.

유원당은 서신을 읽고 눈을 감았다.

임강령이 답답한 마음에 먼저 입을 열었다.

"총군사, 호연도광이 제안을 받아들였을 거라고 보시오?"

그 말에 눈을 뜬 유원당이 말했다.

"받아들이지 않은 것 같습니다."

"뭘 보고 그렇게 생각하는 거요?"

"우리 둘의 목숨만으로 협상이 이루어졌다면, 저쪽에서 제안을 받아들였다는 말이 쓰여 있었을 겁니다. 그런데 아무 말도 없이 만나자고 하는 걸 보면 우리에게 할 말이 더 있다는 뜻일 거고, 그렇다면 결국 뭔가 더 요구할 것이 있다는 것이겠지요."

"그럼?"

임강령이 걱정스런 어조로 반문하며 유원당을 바라보았다.

유원당은 찻잔을 입으로 가져가며 담담한 표정으로 말했다.

"두어 사람의 목숨을 더 요구했겠지요."

"한 사람도 아니고 몇 사람이나?"

"남들이 들으면 어떻게 생각할지 몰라도, 차라리 여러 사람의 목숨을 요구하는 게 나을지도 모릅니다. 한 사람의 목을 요구한다면 그만큼 비중이 큰 사람을 죽여 달라고 할 테니까요."

임강령은 그 한 사람이 누구를 말하는지 깨닫고 침음을 흘렸다.

"으으음, 그게 사실이라면 북궁 궁주도 고민이 많겠구려."

"그는 현명한 사람입니다. 하지만 아기를 천하보다 더 중요하게 생각하지요. 아마 한두 사람 더 죽여서 아기를 찾을 수 있다면 그렇게 할 겁니다."

"답답하군. 그러다 호연도광이 아기를 돌려주지 않으면 어떻게 하려고……."

"제 생각으로는, 그럴 가능성이 큽니다."

생각지 못한 유원당의 말에 임강령의 눈이 휘둥그레졌다.

"뭐요? 그럼 북궁천이 약속을 지켜도 호연도광이 아기를 돌려주지 않을 거란 말이오?"

"임 대협, 상대가 천사종이라는 사실을 잊지 마십시오. 그가 살아 있는 한 우리는 승리한 것이 아닙니다. 그런데 지금 보면 그가 얼마나 무서운 사람이라는 사실을 잊은 사람들이 너무 많은 것 같더군요."

임강령이 가슴이 서늘했다.

자신도 잠시 잊고 있었다. 천사종이 어떤 사람이라는 걸.

"깨우쳐 줘서 고맙소, 총군사."

"어쨌든 일단은 북궁 궁주의 생각을 아는 것이 중요합니다."

"총군사가 움직이면 많은 사람들이 알게 될 거요. 그러니 내가 먼저 가서 만나 보겠소."

유원당이 씁쓸한 표정으로 임강령을 쳐다보았다.

걱정하진 않았다. 북궁천이 임강령을 해칠 리는 없으니

까.

다만 목숨을 내놓는 것 외에 다른 길이 없다는 사실이 자신의 한계를 보여 주는 것 같아서 마음이 심란했다.

그런데도 임강령은 유원당이 자신을 걱정하는 줄 알고 짐짓 목에 힘을 주고 말했다.

"임 모는 어제오늘에서야 죽음을 두려워하지 않는 천사교 무리가 얼마나 무서운 자들인지 확실히 깨달았소. 나 역시 목숨을 내주기로 결심하고 나니 세상에 두려울 것이 아무것도 없지 뭐요. 걱정 마시오."

유원당은 쓴웃음이나마 미소를 지어 주었다.

"좋습니다. 그럼 그를 만나시거든 제가 하라는 대로 하십시오."

                    *        *        *

용호산을 넘어가면 완만한 산세가 길게 뻗어 있었다.

계곡의 수만 해도 일곱 개, 산세가 뻗어 나간 길이는 십 리에 달했다.

하지만 그곳에 있는 산신당은 단 한 곳. 쌍호곡 입구에 지어진 사당뿐이었다.

북궁천은 임강령의 거처 기둥에 서신을 매단 화살을 쏘고 산신당 문 앞 바위에 앉아서 연락이 오기를 기다렸다.

임표와 담운은 모종의 임무를 맡겨서 상주로 보냈고, 장추람 등은 백 장 이상 떨어진 곳에서 혹시 모를 정파연합의 순찰에 대비하고 있는 상태였다.

'조금 늦는군.'

자신의 서찰이 전해졌다는 것은 의심할 여지가 없었다.

오십 장 밖에서 쏜 화살이 정확히 기둥을 관통하는 것을 본 터였다.

화살에 매달린 종이를 임강령의 방으로 가져가는 것도 보았다.

'그들이 내 말을 들으면 어떤 반응을 보일지 모르겠군.'

유원당과 임강령이야 자신들의 목숨을 포기하겠다고 했으니 문제 될 것이 없었다.

마음에 걸리는 것은 영허진인이었다.

'곧 공격을 할 것 같은데……'

화살을 쏘기 전에 본 우영산장은 충천한 기세가 멀리서도 느껴질 정도였다.

당장 출동하기라도 할 것처럼.

만약 그들이 공격을 시작한다면 일을 처리하기가 그만큼 힘들어진다고 봐야 했다.

그 때 뒤쪽에서 누군가가 다가오는 게 느껴졌다. 그리고 곧 임강령의 목소리가 들렸다.

"오래 기다렸는가?"

북궁천은 바위에서 일어나 몸을 돌렸다.

"적당한 시간에 오셨군요. 안으로 들어가시죠."


"영허진인?"

"그렇습니다."

임강령은 난감한 표정으로 눈을 내리깔았다.

유원당이 예상한 대로다. 그래도 다른 사람에 대한 요구를 하지 않을까 했거늘.

"총군사께 듣기로는 어젯밤에 만났다고 하던데."

"만났습니다. 그래서 하는 말입니다만, 영허진인과의 일은 단둘이 해결할 생각입니다."

"어떻게 말인가?"

"방법이야 하나밖에 없지요."

이기는 사람이 목숨을 가져가는 것.

임강령이 왜 북궁천의 말뜻을 모를까.

그는 탄식하는 표정을 지으며 유원당의 말을 전했다.

"알겠네. 그 일은 어차피 자네가 알아서 할 일이니 내가 뭐라 하겠나? 다만 그 전에 알아 둘 일이 있네."

"말씀해 보시지요."

"금천장을 공격할 거네. 사기가 오를 대로 올라서 더 늦출 수가 없네."

어느 정도 짐작했던 바다.

"지금 상황에선 그럴 수밖에 없겠지요."

"그래서 하는 말이네만, 우리의 목숨을 가져가는 시간을 조금 늦추었으면 하네. 천사교가 궁지에 몰릴 때까지. 물론 영허진인의 일도 마찬가지네."

그 말을 들은 북궁천의 눈빛이 반짝였다.

"유 원주께서 그렇게 말씀하시던가요?"

임강령이 어깨를 으쓱하며 고개를 끄덕였다.

"맞네. 총군사가 한 말이지."

"그분이 그런 말씀을 하셨을 때는 그만한 뜻이 있을 것 같습니다만."

"같은 음식이라 해도 배부를 때보다는 배고플 때 더 가치가 있는 법이네. 천사교가 어려워지면 우리의 목숨 가치도 그만큼 올라가겠지."

북궁천은 그것만으로도 유원당의 말뜻을 깨달았다.

상황이 다급해지면 영허진인을 포함하지 않고 두 사람의 목숨만으로도 협상할 수 있는 상황이 될 수 있다는 뜻이다.

북궁천이 생각해도 일리 있는 말이었다.

문제는 그동안 호연도광이 기다려 줄 것인가 하는 점이었다.

만약 그가 기다려 주지 않는다면 진아가 고통을 겪을 터. 북궁천은 두 가지 상황을 신중하게 판단하며 저울질해

보았다.

진아를 위해서 목숨을 내놓겠다는 두 사람이다. 그런 사람 앞에서 자신의 욕심만 챙길 수는 없는 일.

한편으로는, 자신이야 진아만 구해서 떠나면 되는데 남 걱정할 필요가 뭐 있을까 하는 생각도 들고.

그런데 임강령이 조용히 웃으며 말했다.

"혹시나 해서 말인데, 우리 두 사람 목숨은 걱정 말게. 언제든 자네가 원하면 줄 테니까."

그 말을 듣는 순간, 북궁천은 자신이 왜소해지는 것만 같았다.

아니, 자신이 작아지는 것보다는 임강령이 크게 보였다.

임강령과 눈 마주치는 것조차 부담스러워서 자신도 모르게 시선이 돌아갔다.

처음 느껴 보는 이질적인 감정.

그는 갑작스런 그 느낌에 충격을 받고 눈빛이 흔들렸다.

무엇이 자신의 마음을 이렇게 흔드는 걸까?

'대협의 마음이라는 게 이런 것인가?'

그렇게 얼마나 지났을까, 북궁천의 눈빛이 차분하게 가라앉았다.

'진아야, 미안하다. 조금만, 조금만 더 기다려 다오. 부끄럽지 않은 모습으로 너를 데려가고 싶구나.'

결정을 내린 그는 임강령을 보며 고개를 끄덕였다. 누구는 웃으면서 목숨을 거는데 잠깐을 참지 못할까.

려도, 진아도 이해해 주겠지.

"알겠습니다, 그때까지 기다렸다가 다시 말해 보죠. 그런데 공격은 언제 시작하실 겁니까? 보아하니 곧 시작할 것 같던데……."

"오늘 저녁에 움직이면 내일 오전쯤 시작되지 않을까 싶군."

                    *          *          *

"놈들이 공격하기로 결정했다 하옵니다, 교주."

호연도광은 숙야돈의 보고를 듣고 붉은 입술을 비틀었다.

"사기가 올랐을 때 끝장을 보겠다는 생각이군."

예상했던 터였다.

"숙야돈, 손님맞이할 준비는 다 되었느냐?"

"혈문과 마종보에서 오기로 한 자들이 오늘 밤 안으로 도착할 것입니다. 그들이 도착하면 교주께서 명하신 혈망지계(血網之計)가 완벽해질 것입니다."

"좋아, 너를 믿겠다. 이번에도 실망감을 안기면 더 이상의 용서는 없을 것이니라."

가슴이 싸늘하게 식은 숙야돈은 식은땀을 흘리며 고개를

숙였다.

"속하가 어찌 그 점을 모르겠습니까. 하온데, 교주님께 한 가지 허락을 청할 일이 있습니다."

"말해 봐라."

"강적과의 전쟁을 앞둔 이때 교의 화합은 무엇보다 중요합니다. 특히 최상층 간부들의 화합은 더 말할 것도 없습니다. 그런데 화합하기는커녕 이간질에 여념이 없는 자가 있습니다. 그 일을 정리하지 않으면 중요한 순간에 엇박자가 날지 모르는 만큼 교주께서 허락하신다면 속하가 그 일을 정리하겠습니다."

호연도광은 숙야돈이 누구를 말하는지 모르지 않았다.

"단순한 이견이라면 문제 될 것 없다. 그러나 교를 위험에 빠뜨리는 이전투구는 용납할 수 없느니라."

"속하 역시 같은 마음이옵니다."

"너는 누구를 남겨 놓는 것이 나을 거라 보느냐?"

"주 총령은 뛰어난 분입니다. 공적 역시 어느 누구와 비교해도 뒤지지 않습니다. 하지만 유원당 제거에 실패해서 엄청난 피해를 입힌 것으로도 모자라, 화합보다는 암중에 방 원주를 제거할 궁리를 하고 있는 것으로 파악되었습니다."

"그게 전부냐?"

"최근에는 그의 제자인 소이정이 뇌옥에 침입해서 금가

린을 빼돌린 것으로 조사되었습니다."

"그래?"

"유원당에 대한 암살 실패만 해도 소이정은 죽어 마땅한 죄를 지었습니다. 그런데 그 이후에 또 교의 법을 어기고 중요 죄수를 빼돌렸습니다. 주 총령에게 그에 대한 책임을 물어 다른 교도들에게 반면교사로 삼는 것이 옳을 거라는 생각입니다."

장로원주 방철산과 총령 주서광.

두 사람은 누가 더 큰 공을 세웠다고 비교하기가 어려울 만큼 천사교의 공신이었다.

그런데 두 사람의 암중쟁투가 수그러들 생각을 하지 않고 더욱 격해지고 있었다.

더 이상 이대로 놔둘 수 없는 상황.

숙야돈의 말대로 둘을 화합하게 만들든지, 아니면 어느 한쪽을 제거해야 했다.

문제는 전쟁을 앞둔 상황인지라 화합을 유도하기에는 시간이 너무 없다는 점이다.

자신이 말하면 싸움이야 멈추겠지만 그저 듣는 척하는 것일 뿐. 그것은 진정한 화합이라 할 수 없다.

결국 어느 하나를 제거해야 할 터. 그렇다면 당연히 죄를 진 자를 처단하는 게 옳았다.

"죄를 지었으면 그에 대한 책임을 져야 하는 법. 숙야돈, 네가 천사지존의 위엄을 받들어서 그 일을 해결해라."

마침내 호연도광이 결정을 내리자, 숙야돈이 허리를 깊숙이 숙였다.

"존명!"

*     *     *

늦가을 홍시처럼 시뻘건 석양이 서산으로 떨어질 무렵.

"출발!"

일갈이 용호산을 울리고, 우영산장의 활짝 열린 정문을 통해서 무사들이 빠져나가기 시작했다.

삼성궁, 천무회, 무림맹, 백검맹, 철군성, 그리고 각지에서 몰려든 군웅들이 육백씩 사 로로 나누어져서 금천장이 있는 서북쪽을 향해 전진했다.

그로부터 한 시진이 지날 즈음, 북궁천도 우영산장을 살펴보던 냉호로부터 정파연합이 이동을 시작했다는 보고를 받고 눈빛을 밤하늘의 별빛만큼이나 싸늘하게 번뜩였다.

"드디어 시작이군."

북궁천은 바로 돌아가지 않고 우영산장에서 사십여 리 떨어진 계곡에 머물며 정파연합의 움직임을 살펴보았다.

정파연합이 움직이면 호연도광이 찾을 터. 서둘러서 일을 처리하라고 재촉할 게 분명했다. 그도 아니면 정파연합의 주력을 공격하라는 명령이 떨어질 수도 있고.

지시가 떨어지면 이행하지 않을 수도 없는 일. 차라리 연락을 끊고 상황을 엿보는 게 나았다.

"정파연합의 움직임을 따라서 이동하자. 일 차 격돌의 상황을 봐서 호연도광을 만나야겠다."

북궁천의 말에 장추람이 걱정스런 표정을 지었다.

"소군께선 괜찮겠습니까? 호연도광, 그 미친놈이 또 무슨 짓을 할지 모르는데요."

걱정되는 마음이야 북궁천 자신이 더했다. 하지만 그럴수록 마음을 다잡았다.

"호연도광도 나와 연락이 되지 않는 상황에서는 마음대로 못 할 거다. 자, 그 일은 나중에 생각하고 고기나 먹자. 다 익은 것 같은데……."

그는 짐짓 가벼운 어조로 말하고 모닥불 위에서 익어 가는 노루고기를 뒤적였다.

향긋한 냄새가 식욕을 자극했다.

기다렸다는 듯 적광이 소도를 빼 들고 익숙한 솜씨로 고기를 잘랐다.

냉호와 철교신도 심각한 표정을 최대한 자제하고 너스레를 떨었다.

"중원의 노루는 기름기가 너무 많아."

"그러니까 북해의 얼음덩이 같은 네가 자꾸 능글거리게

되는가 보군."

"웃기고 있네. 돌덩이 같은 네놈 얼굴에 화색이 도는 건 어쩌고?"

"너도 나중에 내 입장이 되어 보면 알게 될 거다. 안 그래, 추람?"

장추람은 피식 웃으며 노루의 다리를 쭉 찢었다.

그는 눈치채고 있었다. 철교신이 연소랑을 좋아하고 있다는 걸.

"냉호 얼굴에 화색이 돌 때쯤 되면 인생 다 산 거지, 뭐. 주군, 드시죠."

북궁천은 장추람이 내민 고기를 받아 들며 고개를 갸웃거렸다.

"무슨 소리지? 교신 얼굴에 화색이 도는 이유가 따로 있기라도 하단 말이냐?"

그는 아직도 눈치채지 못하고 있었다. 심지어 장추람이 소동동을 여자로서 좋아하고 있다는 것도.

하긴 그걸 눈치챌 정도면 공손설을 애 취급하지도 않았겠지만.

그래도 어쨌든 장추람 등의 노력 덕분에 북궁천의 표정도 조금 풀어졌다.

그 때 적광이 물었다.

"주군, 오전에 만났다는 기련검마 위지완에 대해서 이야기 좀 해 주쇼. 한 수 나눠 봤다면 대충이나마 그의 실력을 알 것 아뇨?"

그가 지옥으로 생각하며 지낸 마옥도 기련산 줄기에 있었다. 기련검마와 마옥은 강물과 바닷물처럼 서로를 침범하지 않고 지내던 사이.

산세가 천 리나 뻗은 기련산이 워낙 넓어서 기련검마의 얼굴을 보진 못했지만, 그에 대한 소문은 귀가 따갑도록 들은 터였다.

언제고 기회가 되면 그와 승부를 내보고 싶었다.

"그는 강하다. 최소한 적광 너보다는 강해."

북궁천은 기련검마에 대한 자신의 느낌을 말해 주었다.

적광의 얼굴에 불만스런 표정이 떠올랐다.

그런데 북궁천이 몇 마디 덧붙였다.

"하지만 그것은 어제까지의 일일 뿐이야. 네가 지금 상태에서 반 단계만 더 올라선다면 그도 너를 이길 수 없을 거다. 그리고 그 단계를 넘어선다면 그를 네 발아래 무릎 꿇릴 수 있겠지."

그제야 적광의 표정이 풀어졌다.

자신은 아직 젊었다. 게다가 채찍질을 가할 수 있는 고수가 곁에 있었다.

시간이 지나면 자신은 더 강해질 터. 기련검마를 꺾을 수 있는 날도 머지않은 것이다.

"나중에 싸울 일이 생기면 그자는 나에게 맡겨 주쇼."

"그렇게 하지."

*          *          *

어둠이 짙게 깔린 해시 초.

주서광은 숙야돈이 호위무사 둘을 대동하고 자신을 찾아오자 이마를 찌푸렸다.

"무슨 일인데 사교령이 나를 다 찾아온 건가?"

숙야돈이 웃음을 지으며 말했다.

"총령의 제자에게 몇 가지 물어볼 것이 있어서 왔습니다. 좀 불러 줄 수 있습니까"

"이정이는 임무 때문에 밖에 나갔네."

숙야돈은 소이정이 없다는 게 아쉬웠지만 어차피 주목적은 그가 아닌 주서광이었다.

"그래요? 그럼 별수 없이 총령께서 대신 함께 가 주셔야겠습니다."

"어디를 말인가?"

"교주님께서 저에게 두어 가지 조사를 명하셨습니다. 교주님의 명으로 조사하는 일이니 불편하시겠지만 저와 함께 교화전으로 가 주시지요."

"교주님께서?"

주서광이 흠칫하며 숙야돈을 바라보았다.

숙야돈이 왔을 때부터 불길한 느낌이 들었다. 그런데 아니나 다를까 자신의 생각과 어긋난 상황이 전개되고 있었다.

"사교령, 교주님께서 나에 대해 무슨 조사를 하라고 하셨단 말인가?"

"첫째는 소이정의 임무 실패를 총령께서 알고 계셨는지에 대한 것입니다. 두 번째는 그걸 알고도 고의로 숨긴 것은 아닌지에 대해 조사하라 하셨습니다. 그리고 마지막으로 세 번째는 외부와의 거래에 대한 소문이 사실인지 알아보라 하셨습니다. 저야 총령을 믿지만 명령이 떨어진 이상 어쩌겠습니까?"

교주의 명이 떨어졌다면 거부할 수 없다.

거부하는 순간 교주에 대한 반역죄가 되니까.

"이곳에서 조사하면 되지 않겠나? 굳이 교화전까지 갈 필요가 있는가?"

"저도 그랬으면 좋겠습니다만, 교주님의 명령으로 정식 조사를 해야 하기 때문에 제 맘대로 할 수가 없습니다. 형식적으로라도 절차는 따라야 하니 이해해 주시지요. 설마 별일이야 있겠습니까?"

자신에게 악의가 있다면 많은 무사들을 동원했을 것이다. 하다못해 밖에 몰래 배치하든가.

그런데 숙야돈이 대동한 호위무사는 둘뿐. 밖에 배치한 무사도 없다.

하긴 소이정이 잘못을 저질렀다지만 그 일로 총령인 자신을 어떻게 할 수 있으랴? 끽해야 근신 정도겠지.

세 번째 내용이 마음에 걸리긴 하나, 그 역시 방철산이 고자질한 것일 터. 그에 대해선 자신도 할 말이 있다.

그렇게 판단한 주서광은 일단 숙야돈의 말에 따르기로 했다.

"사정이 그렇다면 할 수 없지. 가세."


교화전에선 두 가지 일을 했다.

하나는 천사교에 반하는 자를 세뇌시켜서 천사교도로 만드는 것, 또 하나는 천사교의 교리를 어긴 중죄인에 대해 조사하는 것.

주서광은 자신이 교화전에서 조사를 받는다는 게 짜증났지만 교주의 명령인 만큼 겉으로 표현하지 않았다.

안으로 들어가자 무표정한 천사교도 서너 명이 허리를 굽혔다.

주서광은 슬쩍 고개만 끄덕이고 숙야돈을 따라갔다.

숙야돈은 조사실이 있는 지하로 그를 안내했다.

"아무래도 수하들이 들으면 좋지 않은 소문이 퍼질지 모르니 불편하셔도 지하로 가시지요."

주서광도 반대하지 않았다. 자신에 대한 말이 외부로 새어 나가는 것은 그도 바라지 않으니까.

지하의 조사실로 들어가자 숙야돈이 호위무사를 시켜서 차를 가져오게 했다.

"차 한잔하시면서 천천히 이야기를 나누도록 하지요."

주서광의 마음이 조금이나마 풀어졌다.

죄인에게 차는 언감생심. 말투도 형식적인 조사를 하겠다는 투처럼 들렸다.

"알겠네."

담담히 말한 주서광이 차를 반쯤 비웠을 때 숙야돈이 미소를 지으며 자리에서 일어났다.

"차를 드시고 계십시오. 증거물로 제출된 서류를 가져오겠습니다. 그걸 보시고 몇 가지 물을 것이니 총령의 생각을 말씀해 주십시오."

"그러지."

숙야돈이 나가자 주서광은 차를 마시며 생각에 잠겼다.

'보나 마나 방철산이 서류를 교주께 보여 드리고 나를 모함했겠지. 두고 봐라, 이 늙은이.'

자신에게도 방철산이 지닌 서류에 뒤지지 않는 증거물이 있다.

숙야돈에게 그것을 보여 주고 교주께 전하게 하면 방철산도 무사하지 못할 것이다. 그는 자신보다 더 많은 사욕을 챙겼으니까.

'흥, 감찰을 핑계로 몰래 계집질까지 한 늙은이가 어디서 감히!'

허락되지 않은 여인과의 교접은 교리에 어긋난다.

그걸 생각하면 방철산은 자신보다 훨씬 심각한 죄를 지은 셈이었다.

그가 반격할 생각을 하며 조소를 짓고 있는데 뒤에서 발자국 소리가 들렸다. 숙야돈이 돌아오는 듯했다.

그 직후, 강한 쇳소리가 들렸다.

덜컹!

지하로 내려오는 입구의 철문이 닫히는 소리 같았다.

'음?'

이상한 느낌이 든 그는 거의 다 비운 찻잔을 내려놓았다.

그 때였다.

"차는 잘 들었나? 마지막 차가 될지 모르는데 한 잔 더 하고 싶으면 말하게."

순간, 주서광이 벌떡 일어나서 수염이 휘날릴 정도로 홱 돌아섰다.

방철산이 호법 두 사람과 함께 조사실 입구에 서 있었다.

짙은 조소를 지은 채.

"원주께서 왜 여기에……?"

"자네에 대한 조사는 내가 맡기로 했지."

"그게 무슨……?"

막 반문하려던 주서광의 얼굴이 일그러졌다.

갑자기 배 속에서 뜨거운 기운이 피어났다.

그는 한때 천하제일을 논하던 자객. 그 기운이 어떤 종류라는 것을 모르지 않았다.

배를 움켜쥔 주서광은 일그러진 눈으로 방철산을 노려보았다.

"네, 네놈이 설마……?"

방철산의 입가에 살소가 번졌다.

"차에 아주 귀한 재료를 넣었지. 자네 같은 전문가를 속이려면 어지간한 독으로는 안 될 것 같아서 말이야. 후후후후."

"이 빌어먹을 늙은이가!"

"흥, 주서광. 오늘이 네놈의 마지막 날이니라. 마지막 가는 길에 차라도 준 것을 고맙게 여겨라."

第四章

여명산(黎明山)을 넘어서

　임표는 호양곽의 안내를 받아서 만화물상점을 찾아갔
다.

　고문으로 인해 한쪽 발을 쓰지 못하는 지송문도 담운의
등에 업혀서 함께 갔다.

　임표가 남아서 쉬라고 했지만 지송문이 함께 가겠다고
우겨서 따라간 것이다.

　진 노인은 임표가 내민 인피면구를 보고 의아한 표정을
지었다.

　"이 인피면구의 얼굴을 바꿔 달라고?"

　"그렇소."

진 노인이 난감한 표정을 지었다.

"인피면구의 본모습을 바꾸는 일은 쉽지 않소."

"쉽지 않을 뿐 불가능한 일은 아니라고 봅니다만."

"그야 그렇지요. 하지만 많은 시간이 필요하오. 그리고 인피면구를 만들 줄 아는 전문가만이 손을 댈 수 있소이다."

"그자는 어디에 있소? 장소만 알려 주면 우리가 데려오겠소."

"글쎄, 항상 돌아다니는 사람인지라 찾을 수 있을지 모르겠소."

그 때 목발을 짚고 있던 지송문이 진 노인의 손을 노려보며 말했다.

"어쩌면 생각보다 쉽게 찾을 수 있을지도 모르겠군요."

담운이 지송문을 돌아다보았다.

"무슨 뜻이냐?"

"저 노인장의 손. 저 손은 보통 손이 아닙니다, 형님. 아주 미세한 감각을 다루는 자만이 저런 손을 지니고 있지요. 그리고 이렇게 뛰어난 품질의 인피면구는 쉽게 유통되는 것이 아닙니다. 제가 봐선 저 노인장이 인피면구를 만든 것 같습니다."

지송문이 자신의 생각을 말하고 진 노인을 직시했다.

진 노인은 어색한 웃음을 흘리며 지송문의 말을 부정했

다.

"허허허, 이 늙은이가 무슨 재주로 이런 인피면구를 만
든단 말이오?"

그러자 지송문이 손을 들어서 한쪽 벽을 가리켰다. 벽에
는 얼굴만 새겨진 목상 다섯 개가 세워져 있었다.

"저기에 있는 목상, 노인장이 새긴 것 아니오?"

"그거야 그렇소만……."

"목상에 뭔가를 접착했던 흔적이 있는데, 혹시 인피면구
를 붙여 봤던 것 아니오?"

"그건…… 이 늙은이는 들어온 인피면구가 괜찮은 것인
지 시험해 보려고 그랬을 뿐이오."

"인피면구를 누가 가져왔소? 설마 그런 물건을 누가 가
져왔는지도 모르진 않겠지요?"

"알긴 아오만 함부로 이름을 알려 줄 순 없소."

"우리는 마음이 매우 급한 사람들이오. 주군의 명령을
이행하지 못하면 목숨을 내놓아야 하니까. 무슨 말인지 알
겠소? 만약 노인장이 거짓말을 한다면, 나는 노인장의 손
목을 자를 것이오."

지송문이 냉랭히 몰아붙이자 진 노인의 얼굴이 굳어졌
다.

"이 늙은이의 손목을 어디다 쓴다고……."

"그러니 사실대로 말하시오. 저 인피면구, 노인장이 만

들지 않았소?"

진 노인은 좌우를 둘러보았다.

그에게는 만약의 상황에 대비한 대비책이 있었다. 그러나 앞에 있는 자들은 그런 정도로 해결할 수 없는 진짜 고수들이었다.

"으음, 좋소. 사실대로 말하리다. 저 인피면구를 전부 내가 만든 것은 아니오. 내가 만든 것은 그중 세 개뿐이외다."

중요한 것은 개수가 아니었다.

"그럼 노인장이 형태를 바꿀 수도 있겠군."

"원한다면 한번 해 보겠소. 그런데 어떤 얼굴로 바꾸려고 그러는 거요?"

임표가 두 장의 종이를 내밀었다.

종이에는 두 사람의 얼굴이 섬세하게 그려져 있었다.

지송문이 진 노인의 반대쪽 의자에 앉으며 말했다.

"최대한 비슷하게 바꿔 보시오. 모자란 부분에 대해서는 내가 도울 테니까."


＊　　＊　　＊


정파연합은 사 로로 나누어져서 이동했다.

유원당이 천무회와 강호 군웅을 이끌고 일로를, 제갈상

이 무림맹과 이로를, 위효릉이 삼성궁과 삼로를, 공손후가 철군성과 백검맹을 이끌고 사로를 책임졌다.

그들은 가로로 넓게 퍼져서 빠르지도 느리지도 않은 속도로 이동했다. 사 로로 이동하기에 서로 간의 간격이 너무 벌어지거나 속도에서 지나친 차이가 나면 자칫 천사교의 공격에 당할지 몰랐다.

그 덕에 북궁천 일행은 여유 있게 따라갈 수 있었다.


그렇게 자시가 될 무렵. 금천장에서도 일천이 넘는 무사가 쏟아져 나왔다.

정파연합의 움직임을 시시각각 전해 받은 숙야돈은 그들을 금천장으로부터 이십여 리 떨어진 여명산 산줄기에 배치시켰다.

동서로 길게 뻗은 여명산의 몇 군데 고개는 금천장으로 통하는 요충지였다. 수십 리를 우회할 생각이 아니라면 정파연합은 그곳을 통과할 수밖에 없었다.

아니면 험악한 여명산을 직접적으로 넘어오든가.

그들이 천사교를 얕보고 그물 안으로 들어오기만 한다면, 먼저 독이 묻은 화살과 암기로 막대한 피해를 입힐 수 있었다.

위험을 알아채고 멈춘다면 시간을 벌 수 있을 것이고.

천사교의 움직임이 일각 단위로 유원당에게 전해졌다.

유원당은 전진 속도를 늦추고 적의 움직임에 대해서 보다 정확한 정보를 취합했다.

상대는 수단과 방법을 가리지 않는 자들. 밤에 싸우는 것은 이겨도 피해가 컸다.

서둘러서 싸울 이유가 없었다.

그런데 삼성궁이 주력인 삼로가 다른 곳보다 좀 더 앞서 나갔다.

삼성궁 무사들이 구양환의 죽음에 분노해서 감정이 앞선 면도 없지 않았지만, 그보다는 위효릉의 욕심이 컸다.

그는 자신이 유원당에게 뒤진다고 생각하지 않았다.

알량한 작전으로 몇 번 승리했다고 해서 기고만장한 유원당이 싫었다.

그래서 이 기회에 자신이 유원당보다 뛰어나다는 것을 만인에게 보여 주고 싶었다.

'병법을 배워도 너보다 많이 배운 나다. 소심한 그런 작전으로는 천사교를 무너뜨릴 수 없어. 흥! 이번에야말로 진짜 병법이 어떤 것인지 보여 주마!'

천사교는 영서의 싸움에서 엄청난 피해를 입었다. 그런데 이 좋은 상황에서 미적거리다니!

승리의 기회를 잡았을 때는 단숨에 쳐들어가서 정신 차리지 못하게 몰아붙여야 하거늘!

그는 정탐을 나갔던 잠은각 대원이 돌아오자, 천군호와 선우명을 비롯한 삼성궁 수뇌부에 자신의 생각을 강력하게 주장했다.

"지금은 머뭇거리며 눈치 볼 때가 아닙니다. 최소한 적진의 일각을 무너뜨려 놓아야 앞으로의 싸움이 편해질 겁니다. 좀 전에 돌아온 잠은각 대원의 보고에 의하면 우리 앞쪽에 있는 적의 숫자는 삼사백밖에 안 된다고 합니다. 그들이 두려워서 머뭇거릴 수는 없지 않습니까? 지금처럼 좋은 기회를 그냥 보내면 언제 적을 물리칠 수 있단 말입니까?"

천군호는 왠지 찜찜했다. 그러나 위효릉의 주장도 잘못된 것이 없기에 망설이지 않을 수 없었다.

천사교는 영서의 패배로 기둥 하나가 뽑힌 상황. 그들의 전력이 복구되기 전에 공격하는 것은 병법의 기본이었다.

"총군사에게 사람을 보내서 강력히 건의해 보는 게 좋겠소."

천군호가 그리 말하자 위효릉의 눈매가 보일 듯 말 듯 떨렸다. 그가 원하는 것은 건의가 아니었다.

"가주, 유원당은 저의 병법을 탐탁지 않게 생각하고 있습니다. 그러니 우리의 공격을 허락하지 않을 겁니다."

"하지만 총군사의 허락도 없이 공격할 수는 없지 않소?"

"비록 총군사가 총지휘를 하긴 하지만 급할 때는 사 로의 지휘자가 자신의 판단에 따라서 행동하기로 되어 있습니다. 우리의 공격이 성공해서 천사교의 방어망에 구멍이 뚫리면 유원당도 자신이 너무 소심했다는 것을 깨달을 겁니다."

천군호는 둘러선 사람들을 돌아다보았다.

"여러분들 생각은 어떻소?"

선우명이 먼저 찬성했다.

"위 각주의 말이 맞소. 지금 같은 상황에서 일일이 유원당의 명령을 받고 움직인다는 것 자체가 말이 안 되는 일이오. 적의 칼이 목으로 다가와도 명령을 받고 피할 수는 없지 않소?"

임시로 검신가를 이끄는 장로 구양은도 고개를 끄덕이며 한마디 나섰다.

"적을 코앞에 두고 멈춰 서다니. 강호의 동도들이 알면 하품할 일이네. 더구나 궁주께서 돌아가시면서 본 궁의 명예가 땅에 처박힌 상태네. 놈들을 쳐서 궁도들의 쌓인 분노도 분출하고, 무너진 본 궁의 명예도 되찾도록 하세."

검신가와 신도가의 수장이라 할 수 있는 두 사람이 그렇게 말하자 천군호도 위효릉의 의견에 따르기로 했다.

특히 구양은의 마지막 말이 결정적으로 그의 마음을 움직였다.

그는 아들인 천기룡이 명예가 땅에 떨어진 삼성궁이 아

니라 예전의 막강한 삼성궁의 주인이 되기를 바랐다.

"좋소, 그럼 그렇게 합시다. 우리의 공격이 성공한다면 총군사가 뭐라 하겠소?"

그 때 구석진 곳에 있던 천광호가 눈을 치켜뜨고 한마디 했다.

"지미, 대체 뭐 하자는 겁니까? 총군사가 내린 명령을 어기겠다는 겁니까?"

그러자 구양은이 눈살을 찌푸리며 다그쳤다.

"어허! 그게 무슨 말버릇인가? 가주가 결정 내린 일에 왈가왈부하다니. 자네가 뭘 안다고!"

"제가 다른 것은 잘 모르지만 이것만은 압니다! 약속을 어기는 사람은 엉덩이에 털이 나는 법이죠! 혹시 장로 엉덩이에 털이 난 것 아뇨?"

"뭐야?"

구양은이 발끈해서 소리치자 위효릉이 그를 말렸다.

"그만 참으시지요, 장로. 천 당주, 가주와 장로님이 어련히 알아서 그런 결정을 내렸겠나? 너무 걱정 말게."

천광호가 천군호를 향해 휙 고개를 돌렸다.

"가주 형님, 정말 따로 움직이시는 게 옳다고 보십니까?"

"너무 걱정 마라. 우리 앞에 있는 적은 숫자가 우리 반도 안 된다고 하지 않더냐? 더구나 고수의 숫자에서도 우리가 딸리지 않는데 무슨 걱정이냐?"

천광호는 천군호가 굽힐 뜻을 보이지 않자 홱 몸을 돌렸다. 가주와 싸울 수는 없는 일. 더 이상은 그가 할 수 있는 일이 없었다.

"나도 모르겠소. 마음대로 하쇼! 대신 일이 잘못되면 애꿎은 무사들 탓은 절대로 하지 마쇼!"

한쪽에서 그 모습을 바라보던 천기룡도 침중한 마음이었다.

'이건 아니야. 모두들 욕심이 앞서 있어.'

*     *     *

북궁천은 일행과 함께 삼로와 사로 사이 뒤쪽 야산 위에서서 전면을 바라보았다.

상당히 높은 지대. 달빛마저 밝아서 밤인데도 삼로와 사로의 무사들이 보였다.

그런데 어느 순간, 삼성궁의 움직임이 눈에 거슬렸다.

"삼성궁의 움직임이 이상하군."

냉호가 고개를 돌려서 의아한 듯 반문했다.

"삼성궁이요?"

"철군성이나 백검맹 쪽은 속도를 많이 늦춰서 거의 멈추다시피 한 상태인데, 삼성궁은 속도를 늦추는가 싶더니 다시 높이고 있다."

"설마……?"

"아무래도 설마가 맞는 것 같다. 쫓아가 보자."


삼성궁 무사들은 속도를 늦추지 않고 계속 앞으로 나아
갔다.

얼마 지나지 않아서 선두가 길게 뻗은 여명산 산줄기의
외곽으로 진입했다.

보고된 대로라면 적이 형성한 방어벽이 코앞이었다.

삼성궁 무사는 모두 육백여. 적은 삼백여. 숫자에서는
비교가 되지 않았다.

지리적 이점이라는 것도 상대의 존재를 파악한 이상 승
패에 큰 영향을 미치지 못하는 상황이었다.

위효릉은 자신감에 찬 목소리로 명령을 내렸다.

"시간을 끌지 말고 최대한 빠른 시간 안에 적을 무너뜨
려야 하오. 검신가가 중앙을 칠 테니 신도가와 비룡가가
좌우를 맡아 주시오. 놈들이 야비한 술수를 쓸지 모르니
직접적으로 맞붙기 전까지는 조심하도록 하시오. 자, 갑시
다!"

앞쪽에 있는 무사들부터 시작해서 모든 무사들이 무기를
빼 들었다.

무기를 빼 드는 소리가 귀뚜라미 우는 소리처럼 이어졌

다.

그리고 곧 육백여 무사들이 적진을 향해 쇄도했다.


북궁천은 무심한 표정으로 삼성궁 무사들이 쇄도하는 것을 멀리서 바라보았다.

"주군, 어떻게 하실 생각이십니까?"

냉호가 고개를 돌리고 물었다.

우영산장의 패배로 약해진 것 같아도 쉽게 무너질 천사교가 아니다. 적은 숫자로 방어벽을 형성했다는 것은 그만한 이유가 있기 때문일 터. 과욕을 부리면 거꾸로 당할 수도 있었다.

문제는 삼성궁이 피해를 입으면 자신과 유원당의 계획에 차질이 온다는 것이다.

그 점을 생각하면 삼성궁의 피해를 막아야 했다. 하지만 북궁천은 삼성궁을 돕고 싶은 마음이 조금도 없었다.

잠시 고민하던 북궁천은 이를 지그시 악물고 결정을 내렸다.

"그냥 놔두자."

"그러다 삼성궁이 당하면 계획이 틀어질지 모르잖습니까?"

"유 원주는 천사교가 다급해져야 호연도광이 내 의견을 들어줄 가능성이 높아질 거라고 했지. 하지만 거꾸로 생각할 수도 있다. 천사교가 유리해져서 자신감이 생기면 호연도광이 더 편한 마음으로 내 요구를 들어줄 수도 있어. 그의 마음이 편해지면 그만큼 진아에 대한 위협도 줄어들 거고."

독하게 느껴질 정도로 냉정한 판단.

북궁천의 말을 들은 장추람 등은 고개를 끄덕였다.

정파가 이기든 천사교가 이기든 승패는 저들의 문제였다. 자신들은 진아를 구하는 게 무엇보다 중요했다.

더구나 그 대상이 삼성궁이라면 안타까워할 일도 없었다.

다만 마음에 걸리는 것은 유원당과 임강령의 마음이다.

흔쾌히 목숨을 건네주겠다는 두 사람의 진정을 배신하는 것처럼 느껴지는 것이다.

그 점에 대해서는 북궁천도 마찬가지 생각이었다.

하지만 어쩔 수 없었다. 그로선 조금이라도 나은 길을 택하는 수밖에……

*　　　*　　　*


"삼로가 멈추지 않고 계속 진격하고 있다 합니다, 총군사! 곧바로 고개를 넘을 모양입니다."

천종원이 다급한 표정으로 달려와 보고했다.

그러나 유원당은 별다른 표정 변화를 보이지 않았다. 마치 그럴 줄 알았다는 듯.

"적의 움직임에 변화가 있었소?"

"특별한 변화는 없었습니다."

"그럼 지원할 생각이 없나 보군."

"그렇다면 다행입니다만……."

다행? 과연 그럴까?

유원당은 적을 가볍게 생각한 적이 한 번도 없었다.

적도 자신들이 전력에서 밀린다는 걸 모를 리 없다. 그런데도 지원이 없다는 것은 그만한 대책이 서 있다는 뜻.

결국 삼성궁은 큰 피해를 입을 가능성이 컸다.

지금쯤은 고갯길에 도착했을 테니 지원하기에 이미 늦은 상황.

이를 지그시 다문 유원당의 눈빛이 깊어졌다.

'일사불란한 명령 체계가 잡히지 않으면 아주 힘든 싸움이 될 거다. 피해가 크겠지만 힘을 하나로 뭉칠 수만 있다면 손해는 아니야.'

최소한의 피해로 마무리되기만을 바라는 수밖에.


위효릉은 시력을 집중해서 고갯길 입구를 살펴보았다.

고갯길 초입에 천사교도들이 모여 있는 게 보였다. 숫자는 백여 명.

잠은각 대원이 보고한 대로라면 중턱과 정상 근처에 나머지 이백여 명이 머물고 있다고 했다.

'저딴 놈들에게 겁을 먹고 멈추다니.'

그는 회심의 미소를 지으며 공격 명령을 내렸다.

"공격을 시작하시오."

공격 명령이 좌우로 빠르게 전달되었다. 그리고 곧 삼성궁 무사들이 고갯길 입구를 향해 밀물처럼 밀려갔다.

천사교도들은 갑작스런 공격에 놀란 듯 허둥지둥 일어나서 대항했다.

"적이다!"

"놈들을 막아라!"

"목숨을 걸고 막아!"

그러나 숫자와 실력에서 워낙 큰 차이가 났다.

순식간에 삼사십 명이 쓰러지자, 천사교의 간부로 보이는 자들이 뒤로 물러나며 악을 썼다.

"일단 후퇴해라!"

"중턱까지 물러나라!"

사기가 충천한 삼성궁 무사들은 도주하는 천사교도들을 바짝 추적했다.

중턱까지 삼백여 장을 가는 동안 천사교도 십여 명이 더 쓰러졌다. 그래도 그들이 목숨을 걸고 막은 덕에 나머지 반 정도는 중턱까지 도망갈 수 있었다.

중턱에 머물고 있던 천사교도들은 동료들이 도주해 오자 무기를 빼 든 채 고갯길을 틀어막았다.

양쪽은 경사가 심한 바위벽이어서 길만 틀어막으면 올라오는 자들이 전진하기가 쉽지 않은 지형이었다.

삼성궁 무사들은 조금도 망설이지 않고 그들을 공격했다.

천사교도들이 목숨을 걸고 막았지만 힘의 차이가 너무나 컸다.

시간이 지나면서 천사교도들이 물러서는 속도가 조금씩 빨라졌다.

삼성궁 무사들은 이미 승리를 거머쥐기라도 한 것처럼 그들을 몰아붙였다.

그렇게 천사교도들이 이십여 장을 물러서고, 삼성궁 무사 중 반 정도가 바위벽 사이의 고갯길로 들어섰을 때였다.

쉬쉬쉬쉬쉭!

쒜에엑!

어둠 속에서 소름 끼치는 소리가 들렸다.

뒤이어 악을 쓰는 소리와 함께 삼성궁 무사들이 허공을 향해 무기를 휘둘렀다.

따다다당!

퍼버벅!

"크윽!"

"으헉!"

"놈들이 화살을 쏜다!"

"암기다! 조심해!"

"일단 물러서!"

악다구니와 비명이 이어지면서 한순간에 수십 명이 화살과 암기에 당했다.

삼성궁 측에서 고수 백여 명이 메뚜기 떼처럼 뛰어오르며 양쪽 바위벽 위를 향해 몸을 날렸다.

그러나 숨어서 화살을 쏘고 암기를 던지는 천사교도들도 약하지 않았다.

공력이 실린 암기는 끊임없이 날아들었고, 겨우 위에 올라가도 천사교도의 집중 공격을 상대해야 했다.

뛰어올랐던 무사들 중 많은 수가 제대로 싸워 보지도 못한 채 낙엽처럼 떨어졌다.

뒤쪽에 처져 있던 삼성궁의 수뇌부들이 악을 쓰며 앞으로 나섰다.

"방어하면서 뒤로 물러서라!"

"이 죽일 놈들! 모조리 산짐승 밥으로 만들어 주마!"

그런데 그 와중에 공포에 질린 목소리가 터져 나왔다.

"크으윽, 도, 독이다! 놈들의 암기에 독이 발라져 있다!"

사오십 명이 화살과 암기에 맞아 쓰러졌다. 상당히 큰

피해를 보긴 했어도 그 정도 피해가 끝이라면 크게 문제 될 것이 없었다.

그러나 화살과 암기에 독이 묻어 있다면 큰일이 아닐 수 없었다.

스치듯 맞았든지, 아니면 몸에 박혔어도 중요하지 않은 부위에 맞은 사람들이 백여 명에 달했다. 혼란의 와중에도 암기와 화살은 계속 날아들었고.

독이라는 말에 삼성궁 무사들의 표정이 급변했다. 이제는 스치기만 해도 위험했다.

충천했던 사기는 싸늘히 식고, 공포가 무사들의 정신을 짓눌렀다.

"모두 물러서라! 뒤로 물러서!"

위효릉이 미친 듯이 악을 쓰듯 소리쳤다.

당황한 삼성궁 무사들은 앞다투어 뒤로 물러섰다. 얼마나 다급했는지 서로 부딪치고 뒤엉켜서 넘어질 지경이었다.

그 위로 화살과 암기가 계속 쏟아졌다.

위효릉의 머리 위로도.

퍽!

휘청거린 위효릉은 자신의 가슴을 내려다보았다.

비스듬히 몸을 관통한 화살 하나가 깃만 보였다.

"이, 이게 아닌데……."

　　　　*　　　　*　　　　*


　삼성궁의 공격 실패 소식은 곧 유원당에게도 알려졌다.

　그로부터 이각 후.

　각 세력의 수뇌부가 한자리에 모였다.

　천사교도 백여 명을 죽였지만 삼성궁은 무사 이백 이상
을 잃었다. 독에 중독되거나 죽은 사람 중에는 간부들도
상당수 포함되어 있고, 군사인 위효릉도 사망자 중 하나였
다. 그러다 보니 회의 분위기가 침중하게 가라앉았다.

　"이 일은 그냥 넘어갈 수 없소! 잘잘못에 대해서 분명하
게 책임을 물어야 하오, 총군사!"

　관호명이 노성을 내질렀다.

　삼성궁의 공격 실패는 단순히 삼성궁의 피해에 한정된
것이 아니었다. 정파연합 전체에 피해를 준 셈이었다.

　"노부 역시 같은 생각이오. 이 중요한 시기에 어찌 총군
사의 명령을 어긴단 말이오?"

　평소 입이 무거운 백학일선 여무경도 관호명의 의견에
찬성했다.

　뒤이어서 철군성과 백검맹에서도 책임자에 대한 처벌 의
견이 분분했다.

　유원당은 착잡한 표정으로 영허진인을 바라보았다.

"진인의 생각을 말씀해 보시지요."

"무량수불. 아무리 좋은 의도라 해도 전체의 약속을 깨고 총군사의 명령을 어긴 것은 분명 큰 잘못이네. 그에 대해서 확실히 매듭을 짓지 않는다면 나중에 더 큰 문제가 일어날 수도 있네. 그러나 그 일을 주도한 위 시주가 사망했으니 그 문제는 잠시 접어 두고 앞으로의 일에 전념하는 것이 옳다고 보네. 해서 하는 말이네만, 총군사의 명령에 일사불란하게 움직일 수 있는 사람을 삼로의 책임자로 새롭게 임명하는 게 우선으로 보이는구먼."

영허진인의 말이 끝나자, 유원당의 눈이 천군호에게로 향했다.

구양은은 보이지 않았는데, 그는 독이 묻은 암기에 맞은 다리가 퉁퉁 부어서 걷기도 힘든 판이었다.

"하실 말씀이 있으시면 해 보시지요, 가주?"

천군호는 창백한 표정으로 고개를 천천히 저었다.

"입이 열 개인들 어찌 할 말이 있을 수 있겠소. 총군사의 의견에 따르겠소."

유원당은 눈빛을 빛내며 수뇌부를 둘러보았다.

부드럽게만 보였던 조금 전까지와는 전혀 다른 모습. 만인을 누르는 위엄마저 느껴질 정도였다.

"지금까지는 여러분들을 최대한 존중해 드렸습니다. 그래도 될 거라 믿었으니까요. 하지만 이제부터는 철저히 총군사로서 명령을 내리겠습니다. 명령을 어긴 분은 어느 누구든, 정파 모든 무사들의 이름으로 용서치 않을 겁니다."

모두들 급변한 유원당의 모습에 숨을 죽였다.

"마음을 하나로 뭉치지 않으면 천사교를 이길 수 없습니다. 이 점 잊지 마시고, 모두가 하나가 되어서 적과 싸워 주시기 바랍니다. 그럼 제 생각을 말씀드리지요."

유원당의 눈이 삼성궁 간부들을 둘러보다 한 사람에게서 멈췄다.

"삼로는 천기룡 공자가 맡아 주시오."

사람들이 놀란 표정을 지었다.

하지만 유원당은 눈썹 하나 까딱하지 않고 말을 이었다.

"천 공자는 삼신가 가주들의 합의를 거쳐 차대 삼성궁주로 내정되었다 들었소. 충분히 지휘할 자격이 있소. 또한 그 총명함과 정대함에 대해서는 오래전부터 알려져 있으니 능력 또한 모자라지 않소."

많은 사람들이 고개를 끄덕였다. 나이가 적다는 것을 제외하면 모자랄 게 없었다.

특히 천군호는 유원당의 결정에 기쁨을 감추지 못했다. 유원당의 말 한마디로 인해서 천기룡이 차대 궁주가 되는 데 방해가 될 걸림돌이 모두 사라진 것이다.

그동안 유원당에 대해서 은근히 못 미더운 감정을 지녔던 그는 이제 유원당이 고맙기만 했다.

'내가 그동안 사람을 잘못 봤군.'

그는 생각도 못 했다. 자신이 그러한 마음을 가지게 된 것 역시 유원당의 계산에 들어 있었다는 걸.

천기룡은 갑자기 자신이 책임자로 거론되자 당황한 표정을 지었다.

"너무 무거운 책임을 맡기셨습니다. 제가 할 수 있을지 모르겠습니다. 차라리 아버님이나 다른 장로분들이 맡는 게 어떨지요?"

유원당이 천기룡을 직시했다.

"천 공자, 과공비례(過恭非禮)라 했소. 지금 고개를 끄덕인 많은 분들은 천 공자를 믿고 있소. 천 공자는 그런 마음조차 아꼈다가 적과 싸우는 데 쓰도록 하시오."

천기룡의 눈빛이 형형하게 빛났다.

자리에서 일어난 그는 두 손을 맞잡고 예를 취했다.

"명심하겠습니다, 총군사! 모자란 역량이나마 모조리 쏟아부어서 적과 싸우겠습니다!"

\*　　　\*　　　\*

세상이 잠들어 있는 축시 무렵.

금천장의 활짝 열린 정문을 통해 삼백여 무사가 들어섰다.

호연도광이 직접 금화전에 나가서 밤에 온 손님을 맞이했다.

"허허허허, 오시느라 수고하셨네, 나 문주."

핏빛 붉은 장포를 걸친 중년인이 그의 앞까지 걸어오더니 환한 표정으로 웃으며 포권을 취했다.

"하하하하, 오랜만입니다, 교주."

장대한 체구, 넓은 어깨, 각진 얼굴. 약간 역팔자를 그리며 치켜 올라간 눈매.

그가 바로 혈문의 문주, 혈왕 나종백이었다.

"삼백을 데리고 왔습니다. 최고의 정예를 데리고 왔으니 숫자가 너무 적다고 타박하진 마십시오."

"문주가 직접 왔거늘, 내 어찌 타박한단 말인가? 이렇게 와 준 것만 해도 고마울 뿐이네."

"마종보에서도 오기로 했다 들었습니다만, 저희보다 늦나 보군요."

"아침쯤 되면 도착할 거네."

"보주도 오신다고 합니까?"

"글쎄, 일단 도착해 봐야 알 것 같네. 자, 내실로 들어가세. 간단히 주과를 차리라 했으니 들어가서 이야기하세."

\*     \*     \*

고요한 여명산 산정(山頂).

북궁천은 고개를 들어 하늘을 바라보았다.

멀리서 싸움 전체를 지켜본 터였다.

삼성궁은 큰 피해를 입고 물러났다.

천사교도 역시 상당한 피해를 입었지만 실질적으로는 겉으로 드러난 것보다 피해가 적었다. 사상자들이 대부분 천사교의 제사군인 야랑군무사들인 것이다.

반면 삼성궁은 정예무사들. 게다가 간부도 상당수 당했다. 대패라 해도 과언이 아니었다.

물론 그 정도 피해는 전체적인 싸움에 큰 영향을 미치지 않았다.

하지만 정파연합은 충천했던 사기가 싸늘히 식었고, 천사교는 거꾸로 사기가 충천했다. 분위기가 역전된 것이다.

'대승 소식이 전해지면 숙야돈도 한껏 고무되겠지.'

문제는 호연도광이다. 그가 무슨 생각을 할지, 그것이야말로 자신의 계획에 큰 영향을 미칠 터.

북궁천은 바람 소리, 풀벌레 소리만 들리는 고요한 여명산 산정에서 처음으로 하늘에게 빌었다.

'천신이여! 진아를 저에게 돌려주소서!'

그리고 겁도 주었다.

'만약 진아에게 무슨 일이 생기면, 저는 이 세상을 지옥으로 만들어 버릴 겁니다!'

판단은 알아서 하쇼.


산을 내려온 북궁천은 금천장으로 향했다.

장추람 등에게는 몇 가지 명령을 내려서 벽성장으로 보내고 혼자서 호연도광을 만나러 갔다.

그리고 인시(寅時) 말, 뿌연 새벽 어스름이 밀려들 즈음 금천장에 도착했다.

북궁천이 정문으로 다가가자 정문위사들이 짜증 난 표정을 지으며 막아섰다.

분위기는 제법 그럴듯한데 나이도 젊고 행색도 평범했다. 덩치가 남들보다 큰 것을 제외하면 특별할 것이 없어 보였다.

"멈춰라! 이 새벽에 웬일로 찾아온 거냐?"

"제길, 왜 하필이면 교대 시간에 찾아오고 그래? 안 그래도 분위기가 엿 같아서 쉬지도 못했는데 말이지."

그 때 교대하기 위해서 눈을 비비며 나오던 조팽이 북궁천을 알아보고는 화들짝 놀라서 달려왔다.

"헉! 물러서!"

북궁천 앞으로 달려온 그는 목뼈를 걱정해야 할 정도로 고개를 숙였다.

"이렇게 일찍 무슨 일로 오셨습니까?"

"교주를 만나러."

대답은 전날과 같았다. 그러나 조팽은 그때처럼 비웃지 못했다.

대신 전 조의 위사들이 비웃었다.

"웃기는 자군."

"교주님이 아무나 만날 수 있는 분인 줄 아나?"

조팽은 묘한 표정을 지으며 한쪽으로 비켜섰다.

그는 전 조의 위사들과 사이가 좋지 않았다. 그래서 그들에게 북궁천의 정체를 바로 말하지 않았다.

"안으로 들어가시지요. 제가 안내해 드리겠습니다."

그러고는 전 조의 위사들을 쓱 노려보며 거만한 표정으로 말했다.

"나는 마제님을 교주님께 안내해 드리고 올 테니 그때까지 기다렸다 교대해."

비웃던 전 조의 위사들 얼굴이 석고상처럼 하얘졌다.

'으헉!'

'마, 마제?'


호연도광은 이른 새벽임에도 잠을 자지 않고 상황을 시시각각 보고받았다.

숙야돈으로부터 여명산의 싸움에 대한 보고를 받은 그는 흡족한 미소를 지었다.

혈문의 무사들이 도착했고, 첫 번째 싸움이 승리로 장식

되었다. 모든 일이 생각대로 흐르고 있었다.

"오랜만에 연이어 기분 좋은 소식을 듣는군."

"여우 같은 유원당이 워낙 조심스러워서 삼성궁 외의 다른 놈들은 모두 전진을 멈췄습니다. 그 점이 조금 아쉽긴 합니다만 아침이 되면 좀 더 좋은 소식을 전할 수 있을 것입니다."

그 때 밖에서 호위무사의 나직한 목소리가 들렸다.

"교주시여, 마제가 찾아왔사옵니다."

호연도광이 슬쩍 눈을 들었다.

"마제가 이 시간에?"

숙야돈도 의외라 생각했는지 곤혹한 표정을 감추지 못했다.

"무슨 일로 왔는지 모르겠습니다."

호연도광은 기이한 표정을 지으며 담담히 말했다.

"그야 아기와 관련된 일이겠지. 안으로 들여라!"

곧 문이 열리고 북궁천이 안으로 들어섰다.

호연도광은 북궁천이 삼 장 앞에 멈춰 서자 미소를 띤 표정으로 물었다.

"이렇게 일찍 웬일인가? 빈손인 걸 보니 본좌의 요구 조건을 모두 완수한 것은 아닌 것 같은데?"

북궁천은 호연도광을 직시한 채 자신의 목적을 말했다.

"정파연합이 총공세를 진행하는 터라 영허진인을 죽이

기가 더욱 어려워졌다. 솔직히 말하면 지금 상황에서 그를 죽인다는 것은 불가능에 가까워."

"허허허, 마제가 그런 소리를 하니 어울리지 않는군."

"사실을 말하는 것뿐이야. 목령검군과 공려대사를 비롯한 고수들이 그를 항상 둘러싸고 있거든. 해서 다시 부탁을 하러 왔다. 사실 삼성궁이 당할 때 내가 몰래 나서서 막을 수도 있었어. 하지만 그렇게 하지 않은 것은 영허진인을 제거할 수 없는 상황이니 그 일로 대신하는 셈 치자는 마음이었지."

호연도광이 하얗게 웃으며 수염을 쓸었다.

"그래? 그것은 잘한 일이군."

"저들이 총공세를 시작한 만큼 지금은 유원당과 임강령만 죽여도 충분하다고 생각하는데, 당신 생각은 어떤지 모르겠군. 합의만 된다면 당장이라도 달려가서 그들을 죽이겠어."

"흐음, 유원당과 임강령만 죽이는 걸로 아기를 내달라?"

"맞아. 사실 그 일도 쉬운 일은 아니야. 유원당은 저번 일로 인해서 고수로 형성된 호위무사들에게 철저히 둘러싸여 있으니까. 그를 제거하는 게 늦어지면 천사교도 그만큼 피해가 커질 텐데, 결정을 내려 줬으며 좋겠어."

호연도광은 바로 대답하지 않고 눈을 가늘게 뜬 채 생각에 잠겼다.

그러더니 무슨 마음인지 숙야돈에게 물었다.

"숙야돈, 네 생각은 어떠냐?"

숙야돈은 북궁천에게 작은 약점이 잡혀 있었다. 북궁천
이 더 많은 사람을 죽여 주길 바랐지만 바로 반대하지도 못
했다.

그 때 전음이 숙야돈의 고막을 울렸다.

─찬성하면 당신에게 해가 되는 일은 없을 거야. 하지만
반대하면…… 당신부터 죽여 버리겠어.

등골이 절로 오싹해지는 목소리.

찔끔한 숙야돈은 나름대로 고민한 표정으로 눈을 들어서
호연도광의 질문에 대답했다.

어차피 결정은 교주가 하는 것. 자신의 말은 일 푼의 값
어치도 없었다.

"교주, 유원당과 임강령은 정파연합에서 머리와 같은 자
들입니다. 그들만 제거한다면 앞으로도 천하를 향한 발걸
음이 보다 순조로울 것입니다."

호연도광은 천천히 고개를 주억거렸다.

그리고 차갑고도 사이한 눈빛으로 북궁천을 바라보더니
또박또박 말했다.

"좋다. 네 의견을 받아 주마. 단, 오늘 해가 지기 전까지
그들의 머리를 가져와야 한다. 그러지 못하면 네 아기의

팔이 하나 사라질 것이니라."

'이 비겁한 개자식이!'

북궁천은 치미는 분노에 심장이 숯덩이처럼 타올랐다.

하지만 가까스로 감정을 억누르고 이를 악문 채 고개를 끄덕였다.

그리고 몸을 돌려서 뚜벅뚜벅 금화전을 나섰다.

그의 분노를 대변하듯 그가 걸음을 옮길 때마다 단단한 바닥이 푹푹 파였다.

＊　　　＊　　　＊

하늘이 밝아 오면서 정파연합의 움직임이 바빠졌다.

그들은 적의 공격에 철저히 대비를 한 채 느린 속도로 여명산의 고갯길을 넘었다.

굳이 고개를 넘을 것 없이 산을 돌아갈 수도 있었다. 하지만 시간을 지체하는 것도 문제고, 뒤에 적을 두어서 좋을 게 없었다.

천사교 무리는 정파연합의 전진을 차단하기 위해 독이 묻은 암기와 화살로 공격했다.

선두에 선 정파연합의 고수들은 싸릿대 묶음에 입고 있던 장포를 두르고 공력을 주입해서 휘둘렀다.

소나기처럼 날아들던 암기와 화살 대부분이 그들의 방어

벽에 막혀서 별다른 효과를 발휘하지 못했다.

천사교 무리가 지닌 암기와 화살은 한계가 있었다. 얼마 지나지 않아서 암기와 화살비가 멈췄다.

"공격하시오!"

"놈들을 쳐라!"

여기저기서 터져 나온 공격 명령이 여명산을 뒤흔들었다.

참고 참았던 정파연합 무사들이 눈빛을 번뜩이며 날듯이 고개 위를 향해 신형을 날렸다.

단숨에 적진 속으로 뛰어든 그들과 천사교 무리가 뒤엉켰다.

살이 갈라지고, 사지가 잘리고, 여기저기서 시뻘건 피분수가 뿜어졌다.

"으아악!"

"죽어라, 이놈들!"

"어림없다!"

"천사의 세상을 위하여 정파의 위선자 놈들을 막아라!"

"한 놈도 남김없이 죽여라!"

"크억!"

비명과 악다구니가 끊이지 않고 메아리치면서 여명산의 아침이 순식간에 핏빛으로 물들었다.

천사교 무리가 더 이상 버티지 못하고 후퇴를 시작할 즈음, 금천장에 사백여 명의 무사들이 들어섰다.

마침내 마종보의 무사들마저 도착한 것이다.

마종보의 보주인 한초균은 몸이 안 좋아 오지 못했다며 총호법인 철검마신(鐵劍魔神) 누광이 수하들을 끌고 왔다.

정파연합이 여명산을 넘어섰다는 소식이 전해진 것은 그로부터 이각 후.

금천장의 정문이 활짝 열리고, 천사교와 혈문과 마종보의 무사 이천여 명이 장원을 나섰다.

그때부터 하늘마저 터뜨릴 것 같은 팽팽한 긴장감이 상주 일대를 짓눌렀다.


*         *         *


정파연합이 여명산 고갯길을 넘던 그 시각.

변성에서 북쪽으로 삼십 리 떨어진 양곡에 진을 치고 있던 섬서연합이 움직였다.

그들은 변성 공격 실패 후 이제나저제나 때만 기다렸다.

그런데 정파연합에서 연락이 왔다.

해가 뜨기 전 변성을 공격하라는 것이다. 정파연합도 시간을 맞춰서 여명산을 넘을 거라며.

진평천과 명진도장, 송광도장은 만반의 준비를 갖춘 채

변성으로 이동했다.

그리고 마침내 동녘이 밝아 오자 변성 공격을 시작했다.


변성에 있는 무사 수는 전과 비슷했다. 그러나 정예무사들이 상당수 되돌아간 상황이었다.

게다가 싸움이 시작되자마자 백여 명이 뒤도 돌아보지 않고 도망쳐 버렸다.

그들은 대부분 상주의 삼대세력에 속한 자들로 정예무사를 빼내고 머릿수를 맞추기 위해서 보내진 자들이었다.

그들이 비록 중요한 무사는 아니라지만 백 명이 넘는 인원이 갑작스럽게 빠져나가자 방어벽에 커다란 구멍이 생기고 말았다.

"방어벽이 뚫렸다! 놈들을 쳐라!"

와아아아아!

"화산파 제자들은 왼쪽을 뚫어라!"

"종남의 제자들아! 저 사악한 놈들에게 종남의 검이 얼마나 무서운지 알려 줘라!"

사기가 충천한 섬서연합 무사들은 그동안 쌓인 분노를 풀겠다는 듯 천사교를 거세게 몰아붙였다.

그렇게 싸움이 벌어진 지 반 시진. 마침내 섬서연합은 천사교를 쫓아내고 변성을 차지했다.

천사교가 발호한 이후 처음으로 거둔 대승이었다.

하지만 진평천과 명진도장, 송광도장은 흥분을 가라앉히고 전열을 정비했다.

변성을 차지했다고 해서 끝난 것이 아니었다.

이제 겨우 전쟁의 아가리에 한 발 내디딘 것뿐.

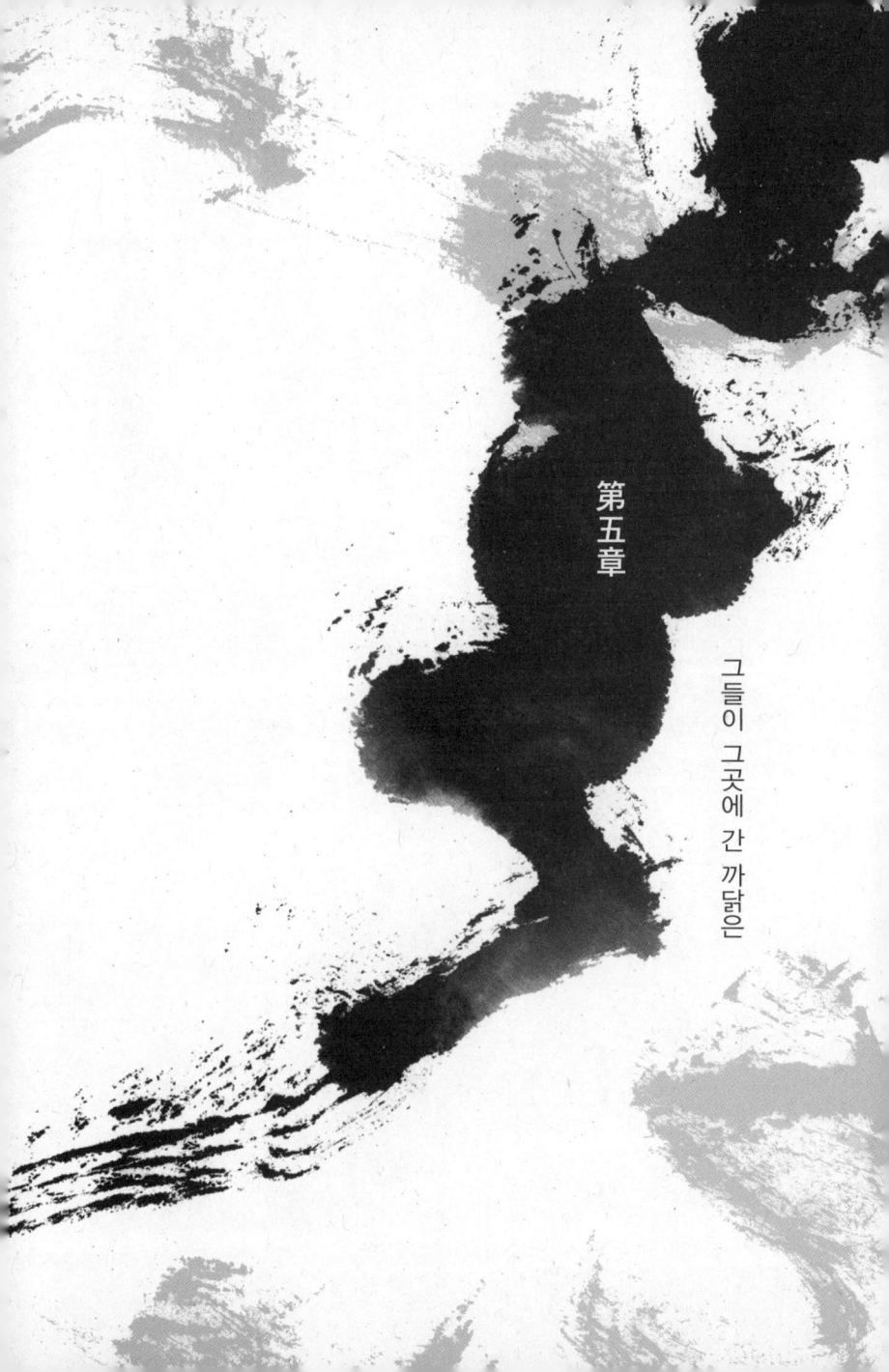

第五章

그들이 그곳에 간 까닭은

　네 곳의 고개를 통해서 여명산 산줄기를 넘어온 정파연합은 삼중으로 된 진세를 형성한 채 금천장을 향해 나아갔다.

　평원의 결전이 될 가능성이 컸다.

　선두는 언제든 학익진(鶴翼陣)을 펼칠 수 있는 일자장사진(一字長蛇陣)으로, 중위는 공격이 시작되면 상대의 약점을 파고들 수 있게끔 중앙에서 자유롭게 움직이고, 후위는 상황에 따라서 양쪽으로 움직여 적을 포위할 수 있는 음양진(陰陽陣)을 형성했다.

　전체를 따지면 삼재진 형태였다.

따로 진세의 기동을 연습할 시간이 없었으니 지금으로선 단순하면서도 효과적인 결과를 낼 수 있는 진세를 펼치는 수밖에 없었다.

금천장에서 나온 자들과 여명산에서 후퇴한 자들이 합류한 천사교 무리는 다섯 겹으로 된 일자형 진세로 정파연합을 맞이했다.

그들은 바람이 세차게 부는 상주평원에서 마주쳤다.

휘이이이잉!

하늘이 오만한 인간들의 싸움에 짜증이라도 나는 듯 모래바람을 일으켰다.

뿌연 황사바람이 상주평원을 거칠게 휩쓸었다.

점점 줄어드는 거리.

말이 필요 없었다.

벼르고 별렀던 적이 코앞에 있었다.

적당한 속도로 전진하던 정파연합 무사들은 천사교 무리와의 거리가 삼십여 장으로 줄어들자 일제히 내달렸다.

쏴아아아아아!

일자장사진의 중앙이 벌어지면서 고수 삼십여 명이 학의 부리처럼 밀고 나왔다.

양 끝은 날개처럼 휘어지고, 그 중간중간에서 고수들이 날카로운 발톱처럼 튀어나왔다.

그 기세가 어찌나 거센지 마치 독수리가 바람을 가르고

먹이를 향해서 몸을 날리는 듯했다.

학익진(鶴翼陣)이라고 하기보다는 응익진(鷹翼陣)이 더
어울렸다.

둥둥둥둥둥!

천사교 쪽에서도 급박한 북소리가 울렸다.

"천사의 세상을 위하여!"

"정파의 위선자들 피로 평원을 붉게 물들여라!"

오 열로 늘어서 있던 천사교 무리도 땅을 박차고 마주
달려갔다.

그리고 그 직후!

두 세력이 정면으로 부딪쳤다.

수장들의 멋진 대결?

웃기는 소리였다. 그럴 마음도, 정신도 없었다.

죽이지 않으면 죽는 전쟁!

적당히 싸우다가 끝날 싸움이 아니었다.

사악한 자들을 제거해서 강호의 정의를 지키리라!

정파의 위선자들 피로 강호를 물들여서 천사교의 세상을
이루리라!

죽여라! 죽여라!

수천 자루 무기가 햇빛에 반사되어서 눈이 부실 지경이
었다.

비명을 자양분 삼아서 피어난 혈화가 순식간에 상주평원

을 뒤덮기 시작했다.

뿌옇던 황사바람이 핏빛 혈풍으로 변한 것은 한순간이었다.

어느 한쪽도 크게 밀리는 기색이 없는 팽팽한 접전.

선두에서부터 쓰러지는 자들이 속출하더니, 어느덧 쓰러진 사람의 숫자만 양쪽 합해서 칠팔백에 이르렀다. 부상자는 그 배도 더 되었다.

그럼에도 양측의 무사들은 광기에 젖은 사람처럼 미친 듯이 서로를 향해 무기를 휘둘렀다.

특히 천사교도들은 알려진 대로 지독했다.

죽기 직전까지 천사의 세상을 외치며 달려들었다. 갈라진 배에서 쏟아지는 내장을 한 손으로 움켜잡은 채 칼을 휘두르는 자도 있었고, 팔다리가 잘린 자들조차 피를 뿜어내면서 죽기 전까지 공격을 멈추지 않았다.

살기가 충천한 정파연합 무사들도 그들 못지않았다.

광기에 물들어 핏발이 선 눈을 부릅뜬 그들은 살을 가르고 목을 베는 데 조금의 망설임도 없었다.

그 즈음, 멀찌감치 떨어진 곳에서 격전을 지휘하던 숙야돈은 변성에 대한 소식을 듣고 얼굴을 일그러뜨렸다.

"뭐야? 변성이 무너져?"

"예, 사교령! 새벽에 화산파와 종남파를 비롯한 섬서의 정파 놈들이 쳐들어왔다고 합니다."

그들이 움직일 거라는 예상을 못 한 것은 아니다. 변성에 남은 전력이 약하다는 것도 익히 아는 일이고. 그렇다 해도 예상보다 너무 쉽게 무너져 버렸다.

뭔가가 뒤틀린 느낌. 느낌이 더럽다.

"제기랄! 골치 아프게 흐르는군."

이마를 잔뜩 찌푸린 숙야돈이 전령에게 물었다.

"교주님께선 뭐라 하시더냐?"

"살을 주고 뼈를 취해서라도 놈들에게 최대한 피해를 입히라 하셨습니다."

그 말을 들은 숙야돈의 눈빛이 독랄하게 번뜩였다.


한편, 영허진인은 중앙에서 기련검마 위지완과 혈왕 나종백을 상대하고 있었다.

그토록 격렬한 혈전의 와중에도 세 사람 주위 방원 십장 안으로는 아무도 들어서지 못했다.

감숙제일고수라는 기련검마의 검은 삭풍처럼 사나웠고, 혈왕의 장력은 사천의 산악처럼 무겁고 독했다.

영허진인은 하늘을 품듯이 고요한 검세로 그들의 공격을 아우르며 한 치의 빈틈도 보이지 않았다.

천지를 뒤엎을 것 같은 공세도 영허진인이 검으로 구궁

을 짚고 태극을 그리면 기세를 꺾고 순한 양처럼 변했다.

기련검마와 혈왕의 실력이 천지를 진동한다 해도 일대일이라면 영허진인의 삼십초 상대였다.

하지만 자존심을 버린 두 사람의 합공은 도성 영허진인이라 해도 한눈을 팔 수 없을 만큼 사납고 강력했다.

사실 자존심이 강한 두 사람이 합공을 하는 것 자체가 의외였는데, 그 뒤에는 호연도광의 권유 아닌 권유가 있었다. 지금은 그들도 영허진인의 강함을 인정하고 있지만.

"정말 대단하구나, 말코!"

기련검마가 이를 갈면서 전 공력을 검에 주입하고 영허진인의 검세를 부수려 했다.

혈왕 역시 자신의 독문무공인 혈천장법을 펼쳐서 기련검마의 공세와 손발을 맞췄다.

콰과광! 쩌저저적!

대지와 하늘이 쩍쩍 갈라지고 터져 나갔다.

초원의 풀들이 가루가 되어서 녹색 바람이 회오리쳤다.

천하에 그들의 합공을 막아 낼 자 몇이나 되랴!

그럼에도 영허진인은 두 사람의 거센 공격을 눈빛 한 점 흔들리지 않고 막아 냈다.

그의 검은 형(形)이 없었다. 형을 버리고 의기(意氣)만으로 검을 펼치는 절대의 단계.

푸르른 검신에서 뻗어 나간 강기는 무당산의 바람처럼

부드럽게 공간을 지배했다.

　기련검마와 혈왕은 그러한 영허진인의 검에 자신들의 강력한 공격이 맥없이 스러지자 가슴이 답답해졌다.

　'빌어먹을! 곧 죽을 늙은 말코가 이렇게 강하다니!'

　'어떻게 해서든 이 늙은이를 죽여야 돼!'

　그렇게 세 사람의 격전이 절정으로 치달을 즈음.

　둥둥! 둥둥둥!

　빠르게 울리는 북소리가 잠깐잠깐 끊어지는가 싶더니, 미친 듯이 달려들던 천사교 무리 중앙이 뒤로 물러서기 시작했다.

　정파연합 무사들은 광기에 찬 눈빛을 번뜩이며 그들을 밀어붙였다.

　"놈들이 물러선다! 힘을 내서 밀어붙여라!"

　와아아아!

　"정의는 반드시 승리한다! 공격해!"

　부상으로 인해 약간 처진 상태에서 전세를 살피던 임강령은 그 광경을 보고 눈살을 찌푸렸다.

　전체적인 전황은 정파연합이 우세했지만 큰 차이는 아니었다. 그런데 천사교가 물러나고 있었다.

　그가 아는 천사교도는 명령이 있기 전까지는 죽을지언정 물러나지 않는 자들이거늘.

　왠지 수상하게 느껴지는 행동.

그는 일단 유원당에게 소리쳐 물었다.

"총군사! 놈들이 물러나고 있소! 어떻게 하실 거요? 끝까지 놈들을 공격할 거요?"

그 때 영허진인을 공격하던 기련검마와 혈왕도 공격을 늦추고 뒤로 물러났다.

영허진인은 방어를 공세로 전환하고 먼저 기련검마를 향해 몸을 날리며 검을 뻗었다.

기련검마는 눈을 부릅뜨고 전력을 다해 검막을 펼쳤다.

그사이 혈왕이 영허진인의 측면을 공격했다.

영허진인은 공세를 더 이어 가지 못한 채 혈왕을 향해 검을 틀었다.

혈왕은 정면 대결을 피하고 뒤로 훌쩍 물러났다. 그 틈을 이용해서 기련검마도 뒤로 몸을 날렸다.

영허진인은 한 사람이라도 쓰러뜨리기 위해서 미끄러지듯 나아가며 공세를 늦추지 않았다.

순간, 혈문의 장로인 귀혈쌍노가 좌우에서 날아들며 합세했다.

동시에 뒤로 물러서던 기련검마와 혈왕이 다시 공세로 돌아섰다.

그 때 유원당이 소리쳤다.

"진인! 물러나십시오!"

영허진인은 뒤늦게 자신이 속은 것을 알고 몸을 허공으

로 날렸다.

"어딜 가려고!"

"끝장을 보자, 말코!"

기련검마와 혈왕, 귀혈쌍노가 일제히 영허진인을 공격
했다.

순식간에 고수 네 사람의 공세가 영허진인을 뒤덮었다.

찰나였다.

아차! 한 영허진인이 검을 들어 허공을 부드럽게 휘저었
다.

겉으로는 한없이 부드러워 보이는 검세였다. 하지만 그
검세에는 영허진인의 전 공력과 수십 년의 깨달음이 실려
있었다.

무당의 전설이라는 태극혜검이 전력을 다해서 펼쳐진 것
이다.

고오오오오!

검을 따라서 허공이 이지러졌다.

직후, 콰광! 하는 굉음과 함께 귀혈쌍노가 눈을 홉뜬 채
뒤로 튕겨 나갔다.

태극혜검에 정면으로 맞선 기련검마와 혈왕 역시 주춤거
리며 대여섯 걸음 물러나서 영허진인을 노려보았다.

영허진인은 그 틈을 이용해서 포위망을 빠져나왔다.

조금 전과 달리 창백하고 굳어 있는 표정이었는데, 고수

넷의 합격을 감당하고도 그 정도 선에서 끝난 것이 그나마 다행이었다.

"정파의 무사들은 물러나는 적을 쫓지 마시오!"

유원당이 모든 정파연합 무사들을 향해 소리쳤다.

그의 목소리가 상주평원을 울리자, 천사교 무리를 쫓아가던 정파연합 무사들이 주춤거렸다.

몇 사람은 유원당의 명령이 마음에 들지 않았다.

"총군사! 놈들을 공격해서 금천장까지 무너뜨립시다!"

"왜 멈추게 하십니까!"

"계속 공격합시다!"

불만 섞인 외침이 여기저기서 터져 나왔다.

그러나 유원당은 그들의 청을 허락하지 않았다.

적을 지휘하는 숙야돈은 천사지존에 뒤지지 않는 사악한 모사다. 죽음을 두려워 않는 미치광이들이 뒤로 물러설 때는 다른 꿍꿍이가 있다는 뜻.

게다가 천사지존 호연도광은 아직 얼굴도 내밀지 않은 상태다.

지금 감정을 참지 못하고 적의 의도에 말려들면 천추의 한이 될 것이었다.

"모두 본 군사의 명령에 따르시오!"

"총군사!"

"놈들은 우리가 달려들기만 바라고 있소! 저들이 얼마나 교활한 자들인지 잊지 마시오!"


숙야돈은 유원당이 추적을 금지시키자 입술을 씹었다.

뭐 하나 뜻대로 되는 일이 없다.

언제부터 일이 어긋난 걸까?

잔뜩 짜증만 났다.

'능구렁이 같은 놈! 이 상황에서도 냉정이 흔들리지 않다니. 교주께서 왜 놈을 높이 사는지 알겠군.'

누가 봐도 정파연합이 우세한 상황이다. 우세한 상황에서 적이 물러나면 달려드는 게 당연했다.

더구나 놈들도 눈에 핏발이 설 정도로 피비린내에 반쯤 미친 상태가 아닌가 말이다.

놈들이 중앙을 파고들면 수단 방법을 가리지 않고 최대한 피해를 입힐 작정이었다.

그 후 금천장에서 교주가 나머지 고수들을 이끌고 나오면 일거에 전세를 역전시킬 수 있었다.

그런데 쫓아오지 않다니!

다시 공격에 나설 수도 없는 상황.

그는 짜증이 난 목소리로 세 명의 고수(鼓手)를 향해 소리쳤다.

"후퇴하라고 해!"

곧 후퇴를 알리는 북소리가 빠르게 울렸다.

*     *     *

북궁천은 광풍의 혈전을 처음서 끝까지 지켜보았다.

얼굴이 바위로 변한 듯 표정에서 아무런 감정도 드러나지 않았다.

"확실히 중원은 우리와 싸우는 방식이 다르군요. 우리 같으면 끝장을 볼 때까지 몰아붙였을 텐데."

장추람이 힐끔 북궁천을 쳐다보고 말했다.

냉호는 장추람보다 조금 더 냉정했다.

"곰 같기는. 그랬다가는 함정에 빠졌을 거다."

장추람은 인정하지 않았다.

"유원당이 그 정도 함정에 빠질 사람이야? 그가 마음먹고 공격했으면 숙야돈의 머리가 떨어졌을걸?"

그제야 북궁천이 입을 열었다.

"숙야돈은 잡을 수 있을지 몰라도 엄청난 피해를 입었을 거다."

"피해야 천사교 쪽이 더 크게 입겠죠."

"호연도광이 안 보였다는 걸 잊지 마라."

장추람도 그 말을 듣고 나서야 무슨 뜻인지 눈치챘다. 고집을 완전히 꺾진 않았지만.

"그래도 깨지지는 않았을 겁니다."

"그럴지도 모르지. 상대가 호연도광만 아니라면."

북궁천은 나직이 말을 맺고 몸을 돌렸다.

"그만 가자. 이제 호연도광의 요구를 들어줘야지."

*　　　*　　　*

"가자!"

천광호가 회룡당 대원들을 이끌고 싸움이 벌어졌던 곳으로 향했다.

그들 외에도 각 세력에서 오백여 명의 무사가 나섰다.

천사교 무리가 물러난 평원에는 일천수백의 시신의 널브러져 있었다.

스며든 피로 인해 땅조차 붉게 물들고, 초원에는 수백만 송이 혈화가 피어 있고, 역겨운 피비린내가 코를 찔렀다.

그 와중에도 미처 피하지 못한 부상자들이 신음을 흘리며 도움을 기다리고 있었다.

회룡당원들은 익숙한 솜씨로 부상자들의 상처를 손봤다.

팔다리가 잘린 사람, 배가 갈라진 사람, 심각한 내상을 입고 입에서 피를 줄줄 흘리는 사람 등등.

개중 상당수는 살 가망이 없어 보였다.

어떤 사람은 차라리 죽여 달라고 했고, 어떤 사람은 삶의 끈을 놓지 않으려고 악착같이 버텼다.

회룡당원을 비롯한 정파연합 무사들은 돌덩이처럼 굳은 표정으로 시신을 묻고 부상자들을 한쪽으로 옮겼다.

그들이 평원을 정리하는 동안 천사교도로 보이는 자 몇 명이 멀리서 지켜보았다.

오늘만큼은 그들도 뒤처리를 방해하지 않았다. 방해는 커녕 큰 소리로 외쳐서 천광호의 화를 돋웠다.

"정파 놈들아! 네놈들이 쳐들어왔으니 깨끗이 치워 놓아라!"

천광호는 그들을 욕설을 퍼부었다.

"개자식들아! 동료들을 외면하는 네놈들은 정말 후레자식들이다!"

"푸하하하! 웃기는 소리 하지 마라! 어차피 죽으면 땅으로 돌아가는 것이 당연한 이치인데, 뭐하러 우리가 손댄단 말이냐!"

"에라이, 씨발놈들아! 네놈들은 부모가 돌아가셔도 내버려 둘 거냐!"

"어쩔 수 없지!"

그렇게 말하는데 더 무슨 말을 하랴.

결국 천광호도 말싸움을 포기했다.

"에이, 개자식들. 저런 것들하고 말을 섞어 봐야 내 입만 더러워지지."

시신과 부상자를 정리한 정파연합은 뒤로 십여 리 물러
난 후 여명산 기슭에 도착해서야 휴식을 취했다.

단 한 번의 격돌치고는 예상보다 많은 피해를 입었다.

믿었던 영허진인조차 적의 고수 둘에게 막혀 별다른 힘
을 쓰지 못했다.

단숨에 승리할 거라 믿어 의심치 않았던 정파연합 고수
들에게는 충격적인 결과였다.

그나마 적시에 물러났기에 망정이지, 무턱대고 힘으로
밀어붙였다면 천사교의 술책에 말려들어서 더 많은 피해를
봤을지도 모를 일.

숨조차 쉬기 힘들 정도의 중압감으로 인해 사람들의 굳
은 표정이 펴지지 않았다.

천군호가 굳은 표정으로 물었다.

"총군사, 어떻게 하실 거요?"

"칼을 뽑은 이상 이제는 물러설 수도 없습니다. 휴식을
취하며 부상자들을 돌보고 나서 다음 공격 계획을 의논하
도록 하겠습니다."

그 때 천종원이 다가왔다. 좋은 소식이 있는 듯 안색이
밝았다.

"총군사! 섬서의 군웅들이 변성을 무너뜨렸다 합니다."

유원당의 눈빛이 반짝였다.

"그래요? 잘됐군요."

다른 사람들도 굳었던 표정이 펴졌다.

"오오, 그렇다면 다음 공격 때 그들도 참여할 수 있겠소이다 그려."

"힘을 합쳐서 공격하면 놈들도 당해 내지 못할 겁니다."

"하하하하, 이제 빛이 보이는군요!"

바닥까지 가라앉았던 사기가 다시 열기를 뿜으며 타올랐다.

유원당은 깊게 가라앉은 눈을 금천장 쪽으로 돌렸다.

'모사재인 성사재천이라 했다. 하늘이 우리의 염원을 저버리지 않기만 바라는 수밖에……'

*         *         *

오시(午時) 초(初).

쉬이이익!

바람을 가르는 날카로운 소리에 사람들이 고개를 번쩍 쳐들었다.

그리고 곧, 어디서 날아왔는지 알 수 없는 화살이 아름드리나무에 깊숙이 박혔다.

퍽!

근처에 있던 몇 사람이 놀라서 화살이 날아온 방향을 살펴보았다.

화살이 날아온 방향은 백수십 장까지 환하게 드러나 있었다. 그런데 그 안에는 화살을 쏜 것으로 추정되는 사람이 보이지 않았다.

'드디어 왔군.'

임강령은 일 장가량 떨어진 곳에 박힌 화살을 착잡한 눈으로 올려다보았다.

아무런 표식도 없는 화살 하나.

그는 그 화살이 의미하는 바를 너무나 잘 알고 있었다.

자리에서 일어난 그는 유원당에게 갔다.

유원당은 공손후, 제갈상과 마주 앉아서 이야기를 나누고 있었다. 그는 임강령이 다가오자 뭔가를 눈치챘는지 이야기를 멈추고 시선을 돌렸다.

임강령은 간단하게 자신이 온 목적을 말했다.

"그가 왔소, 총군사."

유원당은 바로 답하지 않고 하늘을 올려다보았다.

뒤쪽에 서 있던 황보청이 의아한 표정으로 임강령을 바라보았다.

"무슨 일입니까, 임 대협?"

눈을 내린 유원당이 황보청에게 말했다.

"잠깐 다녀올 곳이 있다. 너희들은 이곳에 남아 있어라."

"예?"

"시키는 대로 해라. 만약 내 말을 어기면 가만두지 않을 테니까 알아서 해."

황보청을 윽박지른 유원당은 공손후와 제갈상을 바라보았다.

"그대들 두 사람이 호위무사들을 이끌고 나를 따라오시게. 함께 갈 곳이 있다네."

공손후와 제갈상의 얼굴에도 의문이 떠올랐다.

"무슨 일이신데⋯⋯?"

"의문은 나중에 물어보도록 하게나. 모두 말해 줄 테니까."

황보청과 종리기진을 떼어 놓고 가는 것은 예상했던 일이었다. 그러나 공손후와 제갈상을 데리고 가는 것은 임강령도 생각지 못했던 일이었다.

하지만 곰곰이 생각해 본 그는 절로 감탄해서 고개를 끄덕였다.

공손후와 제갈상은 앞으로 유원당을 대신해서 군사직을 수행하며 정파연합을 이끌어야 할 사람들이다.

그들이 사실을 알면 최소한 유원당이 세운 계획은 쉽게 흔들리지 않을 것이었다.

유원당은 의아하게 여기는 사람들에게 지세를 살펴본다는 핑계를 대고 정파연합이 휴식을 취하는 곳에서 빠져나왔다.

그 때 저 멀리 서 있는 자가 보였다. 그자는 손을 들어 신호를 보내고는 몸을 돌려서 사라졌다.


정오 무렵.

유원당과 임강령은 공손후와 제갈상이 이끄는 호위무사와 함께 휴식처에서 오 리가량 떨어진 숲에 도착했다.

그 때 숲 안쪽에서 냉호가 그들을 향해 말했다.

"호위무사는 두고 들어오시지요."

유원당은 반발하려는 호위무사들을 자제시키고 임강령과 공손후, 제갈상만 대동한 채 안으로 들어갔다.

숲 안으로 깊숙이 들어가자 외부에서는 보이지 않는 절묘한 장소가 나왔다.

북궁천은 그곳에서 기다리고 있었다.

공손후는 북궁천을 보고 무척이나 놀란 표정을 지었다.

"궁주가 어떻게 여기에……?"

놀란 것은 북궁천도 마찬가지였다. 유원당이 그를 데리고 올 거라고는 생각지 못한 것이다.

유원당이 북궁천의 마음을 눈치채고 담담한 어조로 말했다.

"누군가는 사실을 알아야 하지 않겠나? 그래서 데려왔다네. 이 두 사람이라면 감정대로 행동하지 않을 것 같아서 말이야."

의외로 북궁천은 유원당의 말을 순순히 받아들였다.

"그 말씀도 일리가 있군요."

"이해해 주니 고맙네. 그런데 둘인가, 셋인가?"

"둘로 결정했습니다."

"다행이군. 잘된 일이야."

유원당은 미소를 지으며 말하고는 공손후와 제갈상을 둘러보았다.

"이제 왜 우리가 여기 왔는지 말해 주겠네. 그대들이 이곳에서 벌어지는 일의 증인이 되어 주었으면 좋겠구먼."

공손후와 제갈상은 곤혹한 표정을 지었다.

그 때 유원당이 마치 남의 일을 이야기하듯 담담한 목소리로 말을 이었다.

"나와 임 대협은 북궁 궁주에게 머리를 내주기로 했다네."

第六章

내가 다시 돌아오는 것을 두려워해야 할 것이다!

금화전의 분위기가 숨소리조차 천둥처럼 들릴 만큼 무겁
게 가라앉았다.

변성이 무너진 것 자체는 큰 문제가 아니었다. 그러나
정파연합과의 정면 격돌에서 큰 피해를 입은 것과 합쳐지
자 문제가 심각해졌다.

이제 섬서 정파의 무인들까지 몰려들 테니까.

"교주, 놈들이 더 몰려들기 전에 끝장을 냅시다."

기련검마의 말에 혈왕 나종백이 살광을 번뜩이며 자신의
생각을 내비쳤다.

"정면 대결보다는 기습으로 놈들의 전력을 약화시키는

내가 다시 돌아오는 것을 두려워해야 할 것이다! 161

게 좋을 것 같습니다만."

그는 기련검마와 합공을 펼치고도 영허진인을 이기지 못한 것 때문에 자존심이 크게 상한 상태였다.

하지만 그는 일파의 주인. 개인의 감정을 자제하고 전쟁에서 이길 방책을 냉정하게 생각했다.

호연도광 역시 정면 대결을 계속할 마음이 없었다.

정파연합은 예상했던 것보다 더 강했다. 유원당은 여우보다 더 교활하고 침착해서 쉽사리 술수에 말려들지 않았다. 아마 그가 후퇴 명령을 조금만 늦게 내렸다면 결과는 판이하게 달라졌을 것이거늘.

그렇다면 상황에 맞게 공격 방법을 바꾸어야 했다.

"숙야돈, 놈들이 여명산 기슭에 있다고 했느냐?"

"예, 교주."

"놈들도 부상자가 많아서 바로 움직이지는 못할 것이다. 전열을 정비해서 본 교의 교도를 셋으로 나누어라. 그중 한 조로 섯서 놈들을 막고, 나머지 두 조와 혈문, 마종보의 무사들을 이용해서 놈들을 철저히 괴롭혀라."

괴롭히다 보면 기회가 생길 터. 그때 놈들의 숨통을 따 버리면 승리는 천사교로 돌아올 것이다.

"예, 교주. 현명하신 결정이십니다."

그 때 밖에서 경비무사의 목소리가 들렸다.

"천사의 지존이신 교주님께 아룁니다. 마제가 찾아왔다

하옵니다."

북궁천이 금천장에 들어선 것은 미시 초였다.

피에 젖은 보따리를 든 냉호가 그의 좌측에서 따라갔고, 표정이 바위처럼 굳은 장추람과 철교신과 적광이 뒤를 따라갔다.

만약의 사태를 대비해서 이번에는 삼룡과 적광을 모두 대동한 것이다.

호연도광은 북궁천이 찾아왔다는 말을 듣고 눈빛을 번뜩였다.

"그가 유원당과 임강령의 머리를 가져왔다고?"

"예, 교주."

사실이라면 쌍수를 들어서 환영할 일이었다.

"그거 잘됐군. 들어오라고 해."

"무기를 맡기시고 혼자만 들어가시오."

위사의 말에 북궁천이 차갑게 반발했다.

"피 묻은 보따리를 나보고 들으라고? 흥! 그럴 수는 없다. 냉호, 네가 그걸 들고 따라와라."

"예, 주군."

위사는 이러지도 저러지도 못하고 머뭇거렸다. 상대는 마제인 것이다.

그 때 안에서 허락이 떨어졌다.

"그렇게 하라고 해."

북궁천은 장추람과 철교신과 적광은 밖에서 기다리게 하고, 피에 젖은 보따리를 든 냉호와 함께 금화전으로 들어갔다.

무기는 위사가 아니라 장추람에게 맡긴 채.

금화전 안에는 숙야돈과 전날 보았던 기련검마 위지완이 오늘도 있었다. 그리고 그의 옆에는 영허진인과 싸웠던 자가 서 있었다.

'혈왕 나종백……'

북궁천은 호연도광의 삼 장 앞에서 걸음을 멈췄다.

보따리를 든 냉호도 그의 뒤에 바짝 붙어서 멈춰 섰다.

두 사람이 걸음을 멈추자, 호연도광이 사이한 눈빛으로 보따리를 쳐다보았다.

"그 안에 유원당과 임강령의 머리가 들어 있단 말이지?"

북궁천이 짧게 고개를 끄덕였다.

"보따리를 풀어 봐라."

"먼저 아기를 데려와. 그럼 확인시켜 주지."

호연도광은 미소를 지었다.

금화전 안에는 영허진인조차 이기지 못한 기련검마와 혈왕이 있었다. 거기다 흑마이령과 천사팔혼이 그를 철통같이 보호하고 있었다.

북궁천이 아무리 강하다 해도 아기를 뺏을 수 없었다.

"종척, 아기를 데려와라."

잠시 후. 종척이 진아를 데려왔다.

아기는 북궁천을 알아봤는지 웃음을 지으며 고사리 같은 손을 흔들었다.

북궁천은 그 모습에 가슴이 터질 것처럼 뛰었다.

'진아야!'

그 때 호연도광이 진아를 안아 들고 북궁천에게 말했다.

"이제 아기를 봤으니 보따리를 풀어라."

"그 전에 아기의 눈을 가려라. 처참한 광경을 보여 주고 싶지 않으니까."

"그거야 어려울 것 없지."

호연도광이 웃음을 지으며 금빛 장포의 넓은 소맷자락으로 아기의 눈을 가렸다.

북궁천이 냉호를 돌아다보았다.

"보따리를 풀어라."

텅!

냉호가 보따리를 바로 옆의 탁자 위에 내려놓고 매듭을 풀었다.

보따리 안에는 피딱지와 머리카락이 엉킨 채 시뻘겋게 물든 머리 두 개가 들어 있었다.

"나는 약속을 지켰다. 이제 당신이 약속을 지킬 차례야."

호연도광은 유원당과 임강령의 얼굴을 알지 못했다. 그는 확인을 위해 숙야돈을 바라보았다.

"가서 확인해 봐."

"예, 교주."

걸음을 옮긴 숙야돈은 보따리와 다섯 자 거리를 두고 멈춰 섰다.

북궁천과 거리가 가까워지자 입이 바짝 마르고, 으슬으슬한 기분이 들었다.

등골을 오싹하게 하는 매서운 눈빛. 가까이 가면 더 확실하게 확인할 수 있겠지만 한 걸음도 더 가고 싶지 않았다.

멈춰 선 그는 눈을 가늘게 뜨고 보따리 속의 머리를 바라보았다.

오전의 싸움에서 유원당을 직접 본 터였다. 선명한 그의 인상이 아직도 눈앞에 선했다.

그런데 두 개의 머리 중 왼쪽. 헝클어진 머리카락과 피딱지가 묻어 있긴 하지만 유원당의 얼굴이 분명했다.

다른 머리 역시 정파연합을 지휘하던 자들 중 하나였고.

'드디어 두 놈이 죽었군.'

자신의 판단을 믿은 숙야돈은 호연도광을 향해 고개를

숙이며 답했다.

"왼쪽 머리가 유원당입니다, 교주. 그리고 오른쪽 머리
가 임강령인 것 같습니다."

"그래?"

호연도광은 흡족한 미소를 지었다.

자신이 우려하는 자는 영허진인이 아니다. 영허진인은
기련검마와 혈왕의 합공을 이겨 내지 못한 자. 앞으로도
얼마든지 상대할 방법이 있었다.

그러나 유원당은 달랐다.

그는 자신에게 뒤지지 않는 모사였다.

세상을 지배하는 사람은 힘이 센 자가 아니라 머리가 뛰
어난 자다. 그가 살아 있는 한 자신은 한시도 마음이 편하
지 못할 것이다.

그런데 마침내, 모사로서 자신과 비견될 수 있는 유원당
의 머리가 몸에서 분리되어 눈앞에 있었다.

"하하하하, 수고했다, 북궁천. 그럼 본좌도 약속을 지켜
볼까?"

호연도광이 호탕하게 웃으며 아기를 두 손으로 잡았다.
그러고는 묘한 표정으로 북궁천을 바라보았다.

"그런데 말이야. 북궁천, 너는 본좌가 누군지 아느냐?"

"그대가 천사종 호연도광이라는 걸 모르는 사람이 있던
가?"

"흐흐흐, 그럼 내가 어떤 사람이라는 것도 알겠구나."

왠지 불길한 느낌이 들었다.

"무슨 뜻이냐?"

"너는 본좌가 정말로 약속을 지킬 거라 생각하느냐?"

"나는 그대가 비록 악하긴 해도 약속을 어기는 소인배는 아닐 거라 확신하고 있다."

호연도광의 입가에 떠오른 하얀 웃음이 더욱 짙어졌다.

"순진하기는. 너는 천사의 지존이 어떤 존재인지 모르고 있구나. 한 번의 거짓을 위해서 아홉 번의 진실을 행할 수 있는 사람만이 진정한 천사의 지존이 될 수 있느니라."

북궁천의 눈빛이 새파랗게 번뜩였다.

"말장난하지 마라! 설마 아기를 돌려주지 않겠다는 것은 아니겠지?"

"물론 아기야 돌려줘야지."

"그럼 어서 돌려줘라."

"단, 한 가지 요구 조건을 더 들어줘야겠다."

북궁천이 발끈해서 소리쳤다.

"호연도광!"

"놈들이 공격해 오기 전에 머리를 가져왔다면 본좌는 두 말 없이 아기를 돌려줬을 거다. 그런데 너는 고의로 시간을 끌고 한 발 늦게 가져왔어."

"웃기는 소리하지 마라! 시간이 겨우 하루밖에 없었다.

고의로 시간을 끈 것이 아니라 죽일 틈이 없었을 뿐이다!"

"본좌가 네 마음을 모를 줄 아느냐? 너는 아마 정파연합이 본 교를 무너뜨리길 바랐을 거야. 그럼 아기를 얻기가 그만큼 쉬워질 테니까. 그런데 본 교가 그들의 공격을 버텨 내는 걸 보고 별수 없이 유원당과 임강령을 죽인 거지. 더 망설이면 본좌가 화를 낼지 모른다는 걸 넌 알거든."

말을 맺을 즈음, 호연도광의 얼굴에서 웃음이 사라지고 냉기가 풀풀 날렸다.

"너는 그에 대한 대가를 지불해야 해."

북궁천의 움켜쥔 주먹이 부들부들 떨렸다.

악다문 이는 어찌나 세게 다물었는지 턱에서 핏대가 툭툭 불거졌다.

그러나 진아가 호연도광의 손에 있는 한 그가 할 수 있는 일은 아무것도 없었다.

그는 결국 분노를 씹어뱉으며 호연도광에게 물었다.

"말해 봐, 호연도광. 뭘 더 바라는 것이냐?"

"아무래도 영허진인을 네가 죽여 줘야겠어. 그 말코로 인해서 우리 쪽 주요 고수 두 사람의 손발이 묶이니 손해가 이만저만이 아니거든. 따져 보면 이전의 약속으로 돌아가는 것뿐이니 너도 결코 큰 손해는 아닐 거다."

참으로 교활한 자가 아닐 수 없었다.

자신이 영허진인을 죽인다 해도 호연도광은 또 다른 이

유를 대고 새로운 요구를 할지 모른다.

그리고 새로운 요구를 들어주면 그다음에 또 다른 요구를 할 것이고.

그제야 북궁천은 호연도광이 진정으로 원하는 것이 무엇인지를 깨달았다.

"솔직히 말해 봐라, 호연도광. 너는 진아를 인질로 해서 나를 이용하는 것보다는, 내가 정파연합 편에 서지 못하도록 하는 걸 더 중요하게 생각했지? 그래서 진아를 돌려줄 생각이 없었지? 진아를 돌려주면 내가 정파연합 쪽에 서서 대항할지 모르니까. 안 그런가?"

차가워졌던 호연도광의 얼굴에 다시 웃음이 피어났다.

북궁천의 말이 끝나자 그가 허리를 젖히며 대소를 터트렸다.

"홋, 하하하하! 이제야 눈치챘군! 맞다, 북궁천. 본좌가 정말로 우려한 것은 네가 정파 놈들과 한패가 되었을 경우였느니라. 그래서 아기를 빌미로 너를 붙잡아 두려 했지. 물론 최대한 이용해 먹으면서 말이야. 그런데 정파의 핵심 인사들을 죽여 주었으니 본좌는 매우 만족하고 있느니라."

"나는 너처럼 약속을 어기는 사람이 아니다. 아기를 받으면 무조건 그냥 돌아갈 것이다. 그러니 아기를 돌려 다오."

북궁천은 분노도, 자존심도 접고 사정하듯이 말했다.

그러나 호연도광은 꿈쩍도 하지 않았다.

"본좌는 본좌 자신도 믿지 않는다. 그런데 너를 어찌 믿는단 말이냐?"

"나는 이미 구양환에 이어서 유원당과 임강령을 죽였다. 정파연합은 나를 철천지원수처럼 생각할 것인데, 내가 어찌 그들과 한편이 될 수 있단 말이냐?"

누구든 그렇게 생각할 수밖에 없었다. 그러나 호연도광은 북궁천의 말에 말려들지 않았다.

"적의 적은 친구가 될 수 있는 법이지. 본 교를 무너뜨리기 위해서라면 그 정도 분노는 충분히 참을 수 있는 놈들이 바로 정파 놈들이니라. 설마 본좌가 무슨 말을 하는 것인지 모르진 않겠지?"

북궁천의 눈빛이 잘게 떨렸다.

그는 말로써 호연도광을 설득시키는 것이 불가능한 일임을 알았다.

그렇다고 해서 방법이 전혀 없는 것은 아니지만.

숨을 크게 들이쉰 그는 지그시 호연도광을 바라보며 굳은 목소리로 말했다.

"네가 내 말을 믿지 않는다면 방법은 하나밖에 없군. 호연도광, 내 무공을 폐지시키고 나를 볼모로 잡아라. 그럼 내가 정파연합 편에 설 걱정도 덜어지고, 북천궁 역시 너를 어떻게 할 수 없을 것이다. 대신 아기를 내 수하에게 건

네주고 금천장에서 내보내라."

생각지도 못한 제안에 호연도광조차 말문이 닫혔다.

"주군!"

냉호가 놀라서 털썩 무릎을 꿇고 외쳤다.

"천사교주! 차라리 나를 인질로 잡고 소군을 돌려줘라!"

"냉호! 너는 나서지 마라!"

"주군!"

"명령이다! 나는 너로 인해서 진아에게 피해가 가는 것을 원치 않는다!"

"크흑!"

이를 악문 냉호는 고개를 푹 숙이고 몸을 부들부들 떨었다.

그동안 호연도광은 냉호의 말을 듣는 척도 하지 않고 오직 북궁천만 쳐다보았다.

"네가 한 말…… 정말이냐?"

대답하는 북궁천의 눈빛이 잘게 떨렸다.

"나는 부모 없이 이십팔 년을 살았다. 그런데 진아는 이제 겨우 일 년 조금 넘게 살았지. 그것도 부모와 헤어져서. 나는 진아가 나처럼 사는 걸 원치 않는다."

"후후후후, 정말 감동적인 말이군."

"호연도광, 나는 진아를 엄마 품에 돌려주고 싶다. 진심으로 부탁한다. 진아를 진아의 엄마에게 돌려 다오."

호연도광은 잡고 있던 진아를 옆의 종척에게 넘겼다. 그리고 종척이 진아를 받아 들자 자리에서 일어났다.

"그렇다면 먼저 무릎을 꿇어라, 북궁천. 그리고 공손한 어조로 부탁해라."

북궁천의 몸이 부르르 떨렸다.

자신이 무릎을 꿇으면 북천의 무릎이 굽혀지는 것이다.

하지만 이를 악문 그는 진아를 한 번 쳐다본 후 천천히 무릎을 꿇었다.

그에게는 북천보다 진아가 열 배, 백 배 더 중요했다.

쿵!

무릎을 꿇은 그가 고개를 숙였다.

"진아를…… 돌려주시오, 교주."

"후후후후, 와하하하하! 정말 재미있는 일이군!"

호연도광이 고개를 젖히고 한참 동안 광소를 터트렸다.

그러고는 기련검마를 바라보았다.

"위지 형이 수고 좀 해 줘야겠소."

"말씀하시지요, 교주."

"마제의 무공을 폐지시키시오."

뜻밖의 말에 기련검마의 눈빛이 흔들렸다.

자신은 마도인이다. 그것을 부인할 마음은 없었다.

하지만 마도의 절대고수라는 자부심으로 살아온 그로서는 저항하지 않는 자의 무공을 폐지시킨다는 것이 마음에 들지 않았다.

더구나 상대는 마제가 아닌가!

그렇다고 해서 호연도광의 말을 거부할 수도 없는 일.

그는 씁쓸함을 간직한 채 북궁천을 향해 걸음을 옮겼다.

그런데 진아가 갑자기 울먹거리더니 울음을 터트렸다.

"히이잉, 아아아아앙! 빠아아아아!"

마치 모든 것을 알기라도 하는 것처럼.

반사적으로 북궁천이 고개를 들어서 진아를 바라보았다.

순간적으로 눈물이 가득한 진아의 눈과 마주쳤다.

"진아야!"

"아브아아아아!"

북궁천은 가슴이 먹먹해져서 입술이 잘게 떨렸다.

진아가 정말 자신을 아빠로 생각하는 걸까?

기껏해야 어제 처음 전음으로 말을 붙여 봤을 뿐이다. 그에 대한 감정이 있을 리 없다.

그럼에도 그는 아기가 자신을 알아보는 거라 믿었다.

그렇게 믿고 싶었다.

"아기를 조용히 시켜라!"

호연도광이 눈살을 찌푸리며 종척에게 명령을 내렸다.

종척이 두어 걸음 물러서며 아기를 흔들어서 달랬다.

그 때!

천장 구석진 곳에서 그림자 하나가 종척의 머리 위로 죽 늘어졌다.

마침 무릎을 꿇은 채 고개를 쳐들고 있던 북궁천이 그걸 보고 호연도광을 불렀다.

"호연도광!"

호연도광이 북궁천을 바라보았다.

다른 사람들의 시선도 북궁천에게 집중되었다.

그 순간!

종척의 머리 위로 떨어져 내리던 그림자 속에서 묵광이 번쩍였다.

"피해!"

대각선 방향에 서 있던 나종백이 소리치며 몸을 날렸다.

그만은 다른 사람과 달리 북궁천이 아닌 호연도광을 바라보던 중이었다.

그런데 고개를 돌린 순간, 호연도광의 몸에 반쯤 가려져 있던 종척의 머리 위에서 묵광이 번쩍이는 게 보인 것이다.

그가 소리침과 동시에 호연도광도 고개를 핵 돌렸다.

"웬 놈이냐!"

섬뜩함을 느낀 종척 역시 반사적으로 몸을 낮추며 허리를 틀었다.

그러나 묵빛 섬광은 이미 종척의 정수리 바로 위에 도착한 상태.

서걱!

몸을 낮춘 덕분에 머리가 두 쪽 나진 않았지만 그 대신 어깨가 가슴까지 갈라졌다.

"크억!"

그림자가 비명을 터트리는 종척의 품에서 진아를 빼냈다.

"이놈!"

날아든 나종백이 먼저 그림자를 향해 쌍장을 뻗었다.

"어딜 감히!"

흑마이령 중 하나인 갈홍도 날아가며 도를 휘둘렀다.

그 순간, 무릎을 꿇고 있던 북궁천이 바닥을 차고 몸을 날렸다.

호연도광은 아차 하며 다시 고개를 돌렸다.

마제의 존재를 잊다니!

'멍청한!'

자신을 질책한 그는 두 손을 휘둘러서 원을 그렸다.

찰나의 차이지만 마제의 선공을 허용한 상황.

북궁천의 무서움을 잘 아는 그는 피하기에 늦었다 생각하고 방어에 치중했다.

공력이 집중된 금빛 장포의 소맷자락은 철판과 같았다. 그럼에도 건곤패력장의 강력한 기운을 견뎌 내지 못했다.

콰과광!

소맷자락이 누더기처럼 찢어졌다.

호연도광은 옆으로 죽 미끄러지며 재차 손을 휘둘러서 남은 기운을 해소했다.

북궁천도 호연도광의 방어벽에 막혀서 멈칫했다.

호연도광이 머리만 뛰어난 자가 아니라 무공 역시 절대지경의 고수라는 것은 그도 전부터 짐작하고 있었다.

그런데 예상했던 것보다 더 강했다.

비록 일수 격돌이지만, 북궁천의 판단으로는 그가 기련검마보다 강했고 영허진인에 비하면 반수 차이 정도 약했다.

북궁천은 옆으로 비켜난 호연도광을 놔둔 채, 진아를 가로챈 그림자가 있는 곳으로 몸을 날렸다.

그림자처럼 보이던 자는 모습이 전부 드러났는데, 다름 아닌 소이정이었다.

그의 신법이 아무리 신묘하다 해도 아기를 안은 채 혈왕 나종백과 갈홍의 합공을 피한다는 건 무리였다.

그 때 기련검마가 북궁천의 측면으로 달려들었다.

"이놈!"

그러자 냉호가 기다렸다는 듯 기련검마를 공격했다.

"어림없다!"

동시에 천사팔혼 중 넷이 호연도광을 호위하고, 넷은 북궁천을 공격했다.

그야말로 숨조차 쉴 수 없는 급박한 상황!

북궁천은 일단 나종백을 향해 장력을 날렸다. 그리고는 나종백이 몸을 틀어서 비켜서는 사이, 뒤에서 달려드는 천사팔혼 중 넷을 상대했다.

그 때였다.

"크으읍!"

소이정이 신음을 흘리며 정신없이 물러섰다.

마음이 다급해진 북궁천은 구성의 공력으로 건곤패력장을 펼쳤다.

콰광!

천사팔혼 중 사혼과 오혼이 얼굴을 일그러뜨리며 뒤로 날아갔다. 특히 사혼은 오른쪽 어깨가 완전히 으스러져서 검을 떨어뜨린 채 나뒹굴었다.

이혼과 칠혼은 그 광경을 보고도 망설이지 않고 달려들었다.

북궁천은 그들 사이로 파고들며 두 주먹을 휘둘렀다.

순간, 북두패왕권의 커다란 권영 수십 개가 두 사람을 뒤덮었다.

퍼버버벅! 쩌저저정!

이혼과 칠혼은 안간힘을 다해 방어하며 북궁천의 가공할 권세에서 벗어났다.

창백해진 안색, 감정이 없는 것 같던 그들의 눈빛이 파르르 떨렸다.

북궁천은 그들을 놔둔 채 급히 소이정 쪽을 바라보았다.

그의 눈에 피로 물든 소이정이 보였다.

진아는 아직도 소이정의 품에 있는데, 소이정은 분노한 나종백과 갈홍에게 둘러싸여 있었다.

소이정이 부상당한 몸으로 두 사람을 이긴다는 것은 거의 불가능한 일. 오히려 소이정이 무리를 하면 진아가 다칠지 모를 판이다.

북궁천은 이를 악물고 눈빛을 파르르 떨었다.

찰나간의 차이로 절호의 기회를 놓치다니!

소이정이 조금만 더 견뎌 줬으면 좋았을 텐데…….

"와하하하! 무척 아쉬운가 보구나, 북궁천!"

멀찌감치 물러서 있던 호연도광이 대소를 터트리며 득의양양해했다.

그 때였다.

멈칫한 소이정이 미간을 좁히더니 갑자기 진아를 허공으로 던졌다.

진아가 허공 높이 솟구쳤다.

느닷없는 상황!

"무슨 짓이냐!"

깜짝 놀란 나종백이 바닥을 차고 허공으로 몸을 날렸다.

그 순간, 천장에서 또 하나의 검은 그림자가 떨어지며 허공으로 솟구친 진아를 낚아챘다.

그러고는 떨어지는 기세 그대로 나종백을 향해 검을 내리쳤다.

쒜에엑!

"헉!"

무기를 들지 않은 나종백은 기겁한 표정으로 두 손을 휘둘렀다.

그러나 아기를 잡기 위해서 떠오른 터라 두 손에 집중된 기운이 본래의 절반도 되지 않았다.

반면 떨어져 내린 그림자는 전력을 다한 터였다.

게다가 그의 무위는 나종백과 큰 차이가 나지 않았고, 움직임이 소이정에 뒤지지 않을 만큼 신묘하고 기이했다.

나종백이 이를 악물고 그림자의 공격을 막았지만 결국 팔뚝이 길게 찢어지고 말았다.

"으윽!"

바로 그 순간, 북궁천의 눈이 휘둥그레졌다.

진아를 낚아챈 자가 펼치는 신법을 알아본 것이다.

그가 알고 있는 누군가의 독문신법. 그것은 천하에 단 한 사람밖에 익힌 자가 없었다.

'설마…… 단숙?'

태행산에서 자신만 남겨 두고 어디론가 떠나 버린 단무

영!

정말 그란 말인가?

하지만 놀라고 있을 시간이 없었다.

그는 바닥을 향해 손을 뻗었다. 사혼이 떨어뜨린 검이 손안으로 빨려들었다.

마제의 손에 검이 들리는 것을 본 호연도광이 평정심을 잃고 악을 쓰듯이 소리쳤다.

"아기를 뺏어라!"

아기만 취하면 북궁천을 제압하는 거와 같았다.

그가 악을 쓰자 뒤로 물러서 있던 이혼과 칠혼이 진아를 낚아챈 자를 향해 달려들었다.

바로 그 때!

콰광!

금화전의 문이 부서지며 장추람과 철교신, 적광이 안으로 뛰어 들어왔다.

"주군!"

"이 개새끼들!"

그 순간, 북궁천이 일자패천검을 펼쳐서 허공을 일자로 갈랐다.

고오오오오!

이혼과 칠혼은 천지를 양단할 것 같은 거센 기운이 밀려들자 급히 몸을 틀며 도검을 휘둘렀다.

따당! 쩡!

거센 분노가 담긴 일자패천검은 그들의 무기를 부러뜨리고 몸마저 쩍 갈라 버렸다.

경천동지의 일검으로 이혼과 칠혼을 죽인 북궁천은 몸을 돌리면서 갈홍을 향해 검을 뻗었다.

검첨에서 검강의 회오리가 뻗어 나갔다.

쾅아아아! 퍽!

"쿠억!"

입을 떡 벌린 갈홍이 몽둥이에 맞은 쥐새끼처럼 뒤로 튕겨 나갔다.

이 장을 날아가 나뒹구는 그의 가슴에는 주먹만 한 구멍이 뻥 뚫려 있었다. 그곳에서 피분수가 뿜어졌다.

북궁천이 이번에는 나종백을 향해 검을 뻗었다.

"그대가 혈왕인가!"

검을 마주 대한 것만으로도 숨통이 턱 막힌다.

나종백은 호연도광이 마제를 높이 사는 이유를 그제야 실감할 수 있었다.

검 앞에 벌거벗은 몸을 들이댄 느낌!

등골이 오싹해진 그는 체면도 잊고 훌쩍 뒤로 물러났다.

부상을 입은 그로선 마제의 검을 맞받을 엄두가 나지 않았다.

그사이 북궁천이 허공을 향해 소리쳤다.

"단숙! 빨리 빠져나가!"

나종백의 손에서 자유로워진 단무영은 망설이지 않고 천장으로 몸을 날렸다.

북궁천은 진아가 단무영의 품에 안겨서 멀어지자 몸을 돌려 호연도광을 노려보았다.

"이제는 무엇으로 내 분노를 막을 것이냐!"

금화전을 뒤흔드는 일갈!

호연도광의 얼굴이 악귀처럼 일그러졌다. 그의 두 눈에서 괴이하도록 붉은 광채가 번뜩인 것은 바로 그 때였다.

'오냐, 이놈! 네놈이 정녕 내 손에 죽고 싶다면 죽여 주마!'

호연도광은 자신의 몸 안에서 꿈틀거리는 혈천마황기(血天魔皇氣)를 끌어 올렸다.

그가 이십 년의 노력으로 얻은 혈천마황기는 그 자신조차 함부로 끌어 올리기가 겁날 정도로 강했다. 자칫하면 자신의 정신조차 그 기운에 잡아먹힐지 모르는 것이다.

다만 단점이라면 그 기운을 끌어 올리는 데 시간이 걸린다는 점이었다.

그의 몸에서 기이한 마기가 스멀거린 순간, 북궁천이 들고 있던 검을 호연도광에게 던졌다.

"가라!"

벼락이 호연도광을 향해 뻗어 갔다.

호연도광은 검에 가공할 기세가 실려 있음을 느끼고 눈을 치켜떴다.

날아드는 검 주위로 대기가 회오리친다. 검 자체가 살아서 꿈틀거리는 것만 같다.

어디로 피한다 해도 쫓아올 것 같은 느낌!

설마 마제가 전설로 전해지는 이기어검을 익혔단 말인가?

으스러지게 움켜쥔 주먹이 잘게 떨렸다. 핏줄이 툭툭 불거졌다.

그 때 천사팔혼 중 육혼이 날아드는 검의 앞을 막아서며 칼을 휘둘렀다.

쩌정! 퍽!

"크억!"

칼을 부순 검은 그의 몸을 꿰뚫은 채 몸뚱이와 함께 호연도광을 향해 날아갔다.

이를 다 드러내며 얼굴을 일그러뜨린 호연도광이 시뻘겋게 변한 우수를 들어서 내쳤다.

쾅!

검에 꿰뚫린 자가 피를 뿜으며 나가떨어졌다.

호연도광도 얼굴이 일그러진 채 주춤거리며 한 걸음 물러났다. 그나마 육혼이 몸을 던져서 막은 덕에 그 이상의 큰 충격은 받지 않은 듯했다.

한편, 공력을 실어서 검을 던진 북궁천은 장추람 등을 향해 소리쳤다.

"아기는 단숙이 구해 갔다! 모두 이곳을 빠져나가!"

적광은 냉호를 도와서 기련검마를, 장추람은 부상을 입은 나종백을 상대하며 접전을 벌이던 중이었고, 철교신은 뒤따라 들어온 경비무사를 몰아붙이고 있었다.

천사교도들이 몰려오는 상황. 그들에게 포위되면 빠져나가기가 그만큼 어려워질 터.

장추람 등은 북궁천의 명령이 떨어지자 상대하던 자들을 거세게 몰아붙여서 거리를 벌리고는 전각 밖으로 몸을 날렸다.

"주군, 받으십시오!"

장추람이 몸을 날리며 묵혼을 던졌다.

북궁천은 묵혼을 받자마자 뽑아 들고 소이정을 바라보았다.

"괜찮나?"

어깨와 등이 갈라지고 온몸이 피로 물들긴 했지만, 다행히 중상은 아닌 듯했다.

"씨발, 이 정도로는 죽지 않아!"

고개를 돌린 북궁천은 분노가 이글거리는 눈으로 호연도광을 노려보았다.

호연도광은 천사팔혼 중 셋과 천사교도를 방패로 삼고,

언제든 도주할 수 있는 위치에 서 있었다.

왠지 전과 달라진 것처럼 보이긴 했지만, 더 이상 머무를 시간이 없었다.

천사교도들이 몰려오기 전에 빠져나가서 단무영을 돕는 게 우선인 것이다.

"호·연·도·광! 너는 이제부터 내가 다시 돌아오는 것을 두려워해야 할 것이다!"

바위조차 얼려서 으스러뜨릴 것 같은 목소리.

호연도광의 눈빛이 파르르 떨렸다. 조금 전의 충격으로 인해서 끌어 올렸던 혈천마황기가 흩어진 그는 나설 생각도 못 한 채 이만 악물었다.

'정말 말도 안 되게 강한 놈이군!'

기련검마 위지완과 혈왕 나종백 역시 소름이 돋았다.

천하를 오시하던 그들조차 서로의 눈치만 볼 뿐 쉽게 나서지 못했다.

천사팔혼과 갈홍은 자신들조차 가볍게 여길 수 없는 고수다. 그런 자들이 대항조차 못 해 보고 죽은 것은 충격을 넘어 공포였다.

그 때 호연도광이 으르렁거리며 소리쳤다.

"뭐 하느냐! 놈을 죽여라!"

금화전 안으로 들어온 천사교도 십여 명이 북궁천을 향해 달려들었다.

죽음이 두렵지 않은 자들. 그들은 오직 천사의 세상을 위하여 몸을 던졌다.

그 순간, 북궁천이 소이정의 허리를 잡고는 패왕일보를 펼치며 바닥을 굴렀다.

쿠웅!

금화전이 통째로 흔들리고, 달려들던 자들 대여섯 명이 벼락이라도 맞은 것처럼 펄쩍 뛰며 꺼꾸러졌다.

동시에 소이정을 안은 북궁천이 죽 늘어나는 것처럼 보이더니, 쓰러진 자들의 위를 날아서 밖으로 사라졌다.

호연도광은 어이가 없었다.

싸움이 벌어지고 마제 일행이 도주하기까지 스물을 세기도 전에 끝나 버렸다.

그 짧은 순간에 아기를 빼앗기고 흑마이령과 천사팔혼 다섯이 죽거나 다쳤다.

평생 한 번도 겪어 본 적이 없는 상황. 눈앞에서 벌어진 일이 꿈만 같았다.

하지만 그는 바닥을 뒹구는 머리를 보고 눈빛을 새파랗게 번뜩이며 이를 악물었다.

비록 북궁천은 놓쳤지만, 유원당과 임강령이 죽었다는 사실만큼은 변함이 없었다.

어떻게 보면 북궁천보다 유원당이 더 중요할지 모른다.

북궁천은 몇 명의 고수가 합공하면 상대할 수 있지만,

유원당을 상대하려면 전체가 하나처럼 뭉쳐야 하는 것이다.

'그래, 유원당이 죽은 이상 충분히 이길 수 있어…….'

흐트러진 정신을 가다듬은 그는 위지완과 나종백을 향해 말했다.

"놈들은 쉽게 빠져나가지 못할 것이오. 나가서 교도들을 도와주시오!"

＊　　　＊　　　＊

워낙 짧은 순간에 벌어진 일이었다.

그 바람에 금화전 근처에 있는 무사들만이 금화전 내부에서 심상치 않은 일이 벌어졌다는 것을 알았다.

그중 금화전 안으로 들어간 자가 이십여 명. 밖에 남은 자는 삼십여 명에 불과했다.

먼저 밖으로 나간 삼룡과 적광이 전력을 다해서 공격하며 길을 뚫었다.

한 사람 한 사람이 절대경지에 오르거나 그에 근접한 고수들이다.

그들의 도검과 창이 뻗어 가고 휘둘러질 때마다 광풍폭우와 같은 기세가 쏟아졌다.

외줄기 폭풍이 들판을 휩쓸고 지나가며 벼이삭을 쓰러뜨

리는 듯했다.

단숨에 포위망을 뚫은 그들은 지붕을 타고 빠르게 내달렸다.

삐이이이익!

"침입자가 도망간다! 막아라!"

적의 침입을 알리는 호각 소리와 외침이 금천장을 뒤흔들었다.

금천장은 단숨에 가로지를 수 없을 만큼 넓었고, 수많은 고수들이 있었다.

호각 소리를 들은 자들이 여기저기서 튀어나와 삼룡과 적광 앞을 가로막았다.

개중에는 뒤늦게 가세한 천사교의 장로와 호법도 있었고, 혈문과 마종보의 고수들도 있었다.

담장을 삼십여 장 앞두고 앞이 가로막힌 장추람 등은 전력을 다해서 탈출로를 뚫었다.

장추람과 적광은 별다른 부상이 없었다.

그러나 냉호는 기련검마와 싸우며 내상을 입은 상태고, 철교신은 등에 상처를 입었는지 피가 청의를 검게 변색시키며 흐르고 있었다.

"조금만 더 힘을 내!"

장추람이 소리쳤다.

냉호가 받아치며 도를 맹렬하게 휘둘렀다.

"걱정 말고 빠져나가!"

"얼마든지 덤벼라, 씨발놈들아!"

피까지 본 철교신은 미친 듯이 창을 휘두르며 욕을 퍼부었다.

광풍 같은 기세!

그 기세가 얼마나 살벌한지 내로라하는 고수들조차 가까이 접근하지 못했다.

바로 그 때, 북궁천이 장추람 등을 따라잡았다.

"받아라, 교신!"

북궁천은 소이정을 철교신에게 넘기고 앞으로 나섰다.

"내가 앞장설 테니 따라와!"

뒤늦게 북궁천을 알아본 자들이 대경해서 소리쳤다.

"헉! 마, 마제다!"

"제기랄! 대체 무슨 일이 벌어진 거야?"

"막는 자는 죽는다!"

북궁천이 일갈을 내지르고는 앞으로 뛰어나갔다.

묵혼에서 뻗어 나간 검강이 대여섯 명을 한꺼번에 휩쓸었다.

"피해!"

공포에 질린 목소리가 터져 나왔다.

콰과과광!

공력이 약한 자는 마른 보릿대처럼 잘려서 피를 뿌리며

쓰러졌다.

"으아악!"

"크어억!"

"허억!"

절정경지에 오른 고수들조차 거력을 감당하지 못하고 튕겨 나갔다.

"맙소사!"

"저게 인간의 능력이란 말인가?"

나름대로 강호에서 한가락 한다는 자들조차 얼굴이 창백하게 질렸다.

"비켜라! 우리가 놈을 상대하겠다!"

장로와 호법을 비롯한 고수 넷이 몸을 날리며 북궁천을 공격했다.

북궁천은 멈추지 않고 묵혼을 뻗으며 건곤패력장을 내쳤다.

쩌저저적! 콰과광!

광풍이 불고 벼락이 떨어졌다.

정면으로 그를 막아섰던 장로 둘은 얼굴이 해쓱해진 채 튕겨 나가서 지붕 아래로 내려섰다.

측면에서 달려들던 자들은 장추람과 적풍에 의해서 막혔다.

북궁천은 재차 몸을 날리며 묵혼을 뻗었다.

고오오오오!

숨통을 틀어막는 가공할 기세가 해일처럼 밀려갔다.

쾅!

패왕일보를 내딛자 지붕이 통째로 무너질 것처럼 들썩이고 기와가 폭발하듯이 터져 나갔다.

콰과과과과!

부서진 기와는 그것 자체로 위협적이었다.

마치 수천 개의 암기가 쏘아진 듯했다.

지붕에 올라와 있던 자들은 파랗게 질린 얼굴로 정신없이 몸을 날려 피했다.

북궁천은 승천무풍행을 펼치며 일직선으로 날아갔다.

"이놈! 어딜 가려고 하느냐!"

앞쪽에서 한 사람이 날아들었다.

그를 본 북궁천의 표정이 싸늘해졌다.

날아든 자는 방철산이었다.

"비켜!"

묵혼이 수직으로 허공을 그었다.

쭉 뻗어 나간 검강 한 줄기가 하늘에서 벼락처럼 내리꽂혔다.

나름대로 무공에 자신을 가졌던 방철산의 회색 눈이 경악으로 물결쳤다.

그는 도에 전 공력을 쏟아붓고 북궁천의 뇌정무적세를

막았다.

콰아앙!

굉음이 터져 나오며 이 층 건물의 지붕이 와르르 무너졌다.

삼 장이나 튕겨 나간 방철산은 건너편 지붕 위에 내려서서 기와를 깨며 주르륵 밀려났다.

반면 북궁천은 허공에서 두어 바퀴 돈 후 지붕에 내려서자마자 다시 허공으로 솟구쳤다.

겨우 중심을 잡은 방철산은 다시 달려들 생각도 못 한 채 도를 쥐고 노려보기만 했다.

천하의 회안마존 눈빛이 잘게 떨렸다.

'뭐 이런 놈이……!'

마제에 대해서 숱하게 들었다. 그런데 직접 부딪쳐 본 마제는 사람 새끼가 아니었다.

그에게는 북궁천에게 시간이 없다는 것이 천만다행이었다.

북궁천은 방철산이 공격을 포기하자 삼 장 떨어진 곳을 스쳐서 그대로 지나갔다.

이제 담장이 칠팔 장밖에 남지 않은 상태.

북궁천 일행의 앞을 막을 만한 고수도 없었다.

지붕을 박찬 그들은 곧장 담장 위를 날아서 넘어갔다.

한편, 금화전에 남은 숙야돈은 바닥에 떨어진 유원당과 임강령의 머리를 보다가 고개를 갸웃거렸다.

'응?'

유원당과 임강령의 머리가 싸움의 여파로 바닥을 뒹굴고 있었다. 그런데 임강령의 머리 목 끝 부분의 가죽이 살짝 벗겨져 있었다.

사람의 가죽이 뒹굴었다고 벗겨질 리는 없는 일.

'서, 설마……?'

숙야돈의 안색이 창백하다 못해 파리해졌다.

자신이 확인했다. 정말 가짜라면 목숨을 내놓아도 모자랄 만큼 큰 실수였다.

숨을 멈춘 그는 재빨리 주위를 둘러보았다.

모두 정신이 없었다. 교주도 생각에 잠겨서 잠깐 다른 곳을 보고 있었다.

그는 발걸음을 옮겨서 머리가 떨어진 곳으로 갔다. 발이 바닥에 붙은 것처럼 떨어지지 않았다. 달달 떨려서 중풍이라도 걸린 듯했다.

겨우 머리가 있는 곳에 도착한 그는 허리를 숙이고 손끝을 파르르 떨며 머리를 돌려 보았다.

비록 손톱만큼이긴 하나 목 부위의 벗겨진 면이 확실하게 보였다.

가죽 안쪽으로 드러나는 또 다른 살.

머리는 가짜가 분명했다.

그렇다면 유원당의 머리도 가짜일 확률이 높다는 뜻.

온몸이 후들후들 떨렸다.

'그 개새끼가……!'

그 때 호연도광이 눈을 돌려 그를 바라보았다.

"숙야돈."

'헉!'

심장이 터질 것 같았다. 눈앞이 하얗게 보였다.

안간힘을 다해 정신을 차린 그가 겨우 입을 열었다. 목소리가 경련을 하듯이 떨려 나왔다.

"예…… 교주."

"놈들 머리를 장대에 꽂아서 정문에 매달아 놓아라."

"아, 알겠사옵니다."

혼신의 힘을 다해서 대답한 그는 탁자 위의 보따리를 집어서 바닥에 놓고 남들이 보지 못하도록 몸으로 가린 채 머리를 쌌다.

정말 미치고 환장할 노릇이었다.

*　　　*　　　*

북궁천은 금천장에서 멀어지자, 진아를 안고 도주한 단무영을 찾았다.

자신이 잘못 본 게 아니라면 단무영이 분명했다.

그가 어떻게 알아서 그 자리에 나타났는지는 알 수 없었다. 그러나 그가 어떻게 알았든 기쁨으로 가슴이 두근거렸다.

진아와 단무영을 동시에 얻은 기분.

그 기쁨을 무슨 말로 다 표현할 수 있을까!

약간 높은 지대에 올라간 북궁천은 사방을 향해 공력이 실린 음성으로 단무영을 불렀다.

"단수우우욱!"

목소리가 물결처럼 멀리 퍼졌다.

그가 네 번에 걸쳐서 사방에 소리치고 마지막 메아리가 스러질 즈음, 남쪽 저 멀리에서 두 사람이 빠르게 다가오는 게 보였다.

그중 한 사람이 아기를 안고 있었다. 단무영이었다.

그리고 그의 옆에는 그도 아는 사람이 동행하고 있었다. 산서에서 만났던 사람, 양무겸이.


단무영은 흑의로 인해 표가 거의 안 났지만 몇 곳이 피로 물들어 있었다.

그래도 다행히 큰 상처는 아닌지 북궁천 앞에 서서 미소를 지었다.

북궁천은 그런 단무영을 보고 짐짓 인상을 썼다.

"단숙, 정말 나쁘군. 나를 그렇게 놀라게 하다니."

단무영은 미소를 지으며 진아를 내밀었다.

"소군을 구했으니 한 번만 용서해 주십시오, 주군."

"이번 한 번뿐이야. 한 번만 더 허락 없이 떠나면 정말 용서하지 않겠어."

"감사합니다, 주군."

"감사고 뭐고, 몸부터 돌봐."

"예, 주군."

북궁천은 그제야 미소를 지으며 진아를 넘겨받았다.

진아의 얼굴은 창백하다 못해 파리했다.

고수들의 싸움 중간에 있었으니 소이정과 단무영이 아무리 자신의 진기로 보호했다 해도 어찌 충격을 받지 않았을까?

더구나 몸도 좋지 않은 아이가 아닌가 말이다.

진아를 안는 그의 손이 잘게 떨렸다. 행여나 깨질세라 살얼음 잡듯이 조심스럽게 진아를 안은 그는 자신도 모르게 눈물이 고였다.

마침내 진아가 자신의 손에 들어왔다. 려려와 자신의 아들이.

"진아야……."

진아가 눈을 깜박이며 북궁천을 빤히 바라보았다.

그러더니 갑자기 고사리 같은 손가락을 뻗으며 말했다.

"아브으으 북구처어어? 어마아아 허원여여어어?"

북궁천은 심장이 터질 것 같아서 숨을 쉴 수가 없었다.

단 한 번 말했다. 그런데 그 말을 잊지 않았다니.

온몸이 파르르 떨렸다.

"그, 그래. 이 아빠가 북궁천! 엄마가 헌원려려다! 푸하하하하하! 그리고 너는 북궁진이다!"

"너어어 북구지이인"

진아가 자신의 이름을 말하고 꺄르르 웃음을 터트렸다.

"와하하하하하!"

북궁천은 하늘이 울리도록 대소를 터트렸다.

천하를 얻는다 한들 이런 기쁨을 느낄 수 있겠는가!

뒤에 서 있던 장추람 등은 눈물이 나오려는 것을 억지로 참고 활짝 웃었다.

목석같던 적광조차도 가슴이 찡하게 울렸다.

"아, 제길. 눈에 뭐가 들어간 거지?"

第七章

상주의 세력은 하나가 되고

정파연합의 분위기가 어수선해졌다.

총군사 유원당과 임강령이 지세를 살피러 갔다가 사라졌다는 것이다.

동행했던 공손후와 제갈상이 돌아와서 한 말이니 믿지 않을 수도 없었다.

"총군사와 임 대협께서 우리보다 앞장서 올라가셨는데 거리가 이십 장 정도 차이 났었습니다. 그런데 굽이를 돌아간 후 임 대협께서 놀라 외치는 소리가 들렸습니다. 급히 뒤쫓아 갔습니다만 두 분 다 보이지 않았습니다."

"총군사에게 무슨 일이 생긴 것 같습니다. 임 대협은 그

후에 쫓아가셨고요. 저희가 호위무사들과 함께 일대를 한참 찾아보았습니다만 도저히 찾을 수 없어서 일단 돌아왔습니다."

공손후는 철군성의 소성주이면서 곧 성주가 될 사람이다. 제갈상은 제갈세가의 희망이라 할 수 있는 기재고.

사람들은 두 사람의 말에 의문을 갖기보다 걱정되어서 안절부절못했다.

"그럼 납치라도 당했단 말인가?"

백검맹 부맹주인 백화청이 걱정스런 표정으로 물었다.

공손후가 굳은 표정으로 대답했다.

"확실치는 않습니다. 그분들이 누군가를 쫓아간 것일 수도 있으니까요."

"그래도 자네들에게 무슨 말인가는 남겨 놓았을 것이 아닌가?"

"그만큼 급했을 수도 있지 않겠습니까?"

공원대사가 탄식하듯이 말했다.

"허어, 대체 어디로 갔단 말인가? 나무아미타불 관세음보살."

그러자 제갈상이 조심스럽게 말했다.

"총군사께선 함부로 행동하실 분이 아닙니다. 비록 부상 중이시긴 하나 임 대협께서도 남에게 쉽사리 당할 분은 아니고요. 조금 기다려 보시지요."

"지금이라도 찾아 나서야 하는 것 아니오?"

관호명이 이마를 찌푸린 채 사람들을 둘러보았다.

천군호가 착잡한 표정으로 반문했다.

"우린들 어찌 찾아 나서고 싶지 않겠소? 하지만 적을 코 앞에 두고 많은 사람이 총군사를 찾겠다고 흩어질 수도 없는 일 아니오? 제갈 군사 말대로 조금만 더 기다려 봅시다. 임 아우가 따라갔는데 설마 별일이야 있겠소?"

무림맹 사람들은 입을 닫고 별다른 의견을 내놓지 않았다. 그들 중 몇은 아쉬울 것 없다는 눈치였다.

공손후야 어차피 전쟁이 끝나면 떠날 사람. 제갈상은 무림맹의 차후 군사가 될 수 있는 사람이다.

제갈상이 전체를 지휘하게 된다면 그만큼 무림맹의 위상이 올라갈 수밖에 없을 터. 과거의 영광을 되찾는 것도 어려운 일이 아니었다.

그러나 황보청과 종리기진은 무작정 기다릴 수 없었다. 자신들을 떼어 놓고 가더니 결국 일이 터지고 말았다.

무슨 일이 있어도 찾아내야 했다.

그들은 공손후에게 장소를 물은 후 누가 말릴 새도 없이 공손후가 알려 준 장소로 달려갔다.

\*　　　\*　　　\*

북궁천은 상주로 들어갔다.

염려되는 바가 없진 않았다.

하지만 등하불명(燈下不明)이라. 숙야돈은 자신이 설마 상주로 다시 들어갈 거라고는 생각 못 할 가능성이 컸다.

설령 안다 해도 큰 상관은 없었다. 정파연합과 대치하고 있는 상황. 당장 대규모 고수를 파견할 수는 없을 테니까.

게다가 상주는 이제 천사교가 아니라 자신의 손바닥 안에 있었다.

벽성장에 도착한 북궁천은 진아의 상태부터 살펴보았다.

경지에 오른 천조혈심기가 진아의 몸을 조심스럽게 누볐다.

그리고 이각 후, 뽀얀 살에서 손을 뗀 북궁천은 침중한 표정으로 허공을 바라보았다.

구양우경의 말대로 진아의 몸은 정상이 아니었다.

맥이 너무 약해서 얼마나 견딜 수 있을지 알 수 없을 지경. 그나마 삼성궁에서 치료를 하고 천사교에서 절명마의가 보살핀 덕에 위급지경을 넘겼을 뿐이었다.

'방 의원이라면 방법을 찾을 수 있겠지.'

반드시 그렇게 되어야 했다. 그래야 려려의 얼굴에 웃음이 떠오를 테니까.

북궁천은 잠들어 있는 진아를 안쓰러운 눈빛으로 내려다

보았다.

'진아야, 아무 걱정 마라. 이 아빠가 어떻게 해서든 너를 건강하게 만들어 줄 테니까.'

그는 속으로 다짐하며 진아의 뺨을 쓰다듬었다.

"정말 잘생기셨습니다. 주군보다 배는 더 잘생긴 것 같은데요?"

옆에서 단무영이 창백한 얼굴로 빙그레 웃으며 말했다.

북궁천이 그를 째려보았다.

"몸은 괜찮아?"

"혈왕의 장력이 제법 매섭더군요. 하마터면 창피한 모습을 보일 뻔했습니다."

"대체 어떻게 된 거야?"

"그게 말입니다……."


무작정 남쪽으로 내려가던 그가 양무겸을 만난 것은 북궁천과 헤어진 지 한 달이 지날 무렵이었다.

이야기를 하던 중 마음이 통한 두 사람은 함께 면산으로 향했다.

양무겸은 면산에 사는 괴상한 괴인에 대한 소문을 어느 사냥꾼에게 들은 적이 있었다. 호랑이에게 당해서 다 죽어 가던 그 사냥꾼을 괴인이 살려 주었다고 했다.

그는 그 괴인이 단무영의 내상을 고칠 수 있을까 싶어서 손해 봐야 본전이라는 생각으로 괴인에게 단무영을 부탁해 볼 생각이었다.

그런데 면산을 헤매던 중에 육대기를 만났다.

육대기는 단무영을 알아보지 못했다. 단무영도 굳이 말하지 않았고.

어쨌든 단무영의 이야기를 들은 육대기는 그를 방곡추에게 데려갔다.

그리고 단무영은 그때부터 방곡추의 실험 대상이 되었다.

그 후 침매곡에서 석 달.

단무영은 온몸이 찢겨 나가는 처절한 고통의 대가로 마침내 내공을 되찾았고, 방곡추의 심부름을 하며 지냈다.


"그런데 육대기가 주군에 대해서 말하지 뭡니까. 주군께 아들이 있다는 말을 듣고 어찌나 놀랐는지……."

북궁천과 헌원려려 사이에 아들이 어떻게 해서 생긴 것인지 추측하는 것은 어렵지 않았다.

예전에 자신이 일을 하나 저지른 게 있었다.

그 일 때문에 한동안 죄책감으로 무척 괴로웠었다.

그런데 그 일로 인해서 아들이 생겼다면 죄책감을 털어버려도 될 터. 그는 홀가분한 마음으로 북궁천을 쫓아왔다.

하지만 세상은 정말 넓었다. 북궁천을 찾는 것이 생각처럼 쉽지 않았다.

게다가 겨우 찾았다 싶으면 다른 곳으로 가 버려서 추적을 다시 시작해야 했다.

그렇게 어렵게, 어렵게 북궁천을 찾아서 상주까지 왔는데, 마제가 아기 때문에 천사종과 손을 잡았다는 말이 들렸다.

정파연합이 쳐들어온다는 소문이 도는 상황.

싸움이 시작되면 기회가 생기겠지!

나름대로 계획을 세운 그는 아기를 빼돌릴 방법을 찾기 위해서 천사교에 들어갔다.

천사교는 사술처럼 보이는 무공을 지닌 그를 마도의 인물이라 단정하고 순순히 받아 주었다.

그게 어제였다.

그리고 오늘, 생각지 않게 찾아온 기회를 놓치지 않고 아기를 빼돌릴 수 있었다.

"아기를 노리는 자가 또 있을 줄은 생각도 못 했습니다. 하마터면 제가 먼저 뛰어내릴 뻔했지요."

소이정의 전격적인 행동은 단무영뿐만 아니라 북궁천까지 놀라게 했다.

소이정은 천사교도다. 그런데 호연도광이 있는 자리에서 아기를 노릴 줄이야!

북궁천은 벽성장에 와서야 소이정이 왜 그랬는지 그 이유를 들을 수 있었다.

외조부인 주서광이 숙야돈과 방철산의 간계에 휘말려서 죽었다고 했다.

주서광은 그 전에 자신을 내보냈는데, 아무래도 상황이 심상치 않음을 알고 자신을 빼돌리려 한 것 같다고 했다.

소이정은 그 이야기를 하면서 꺼이꺼이 울었다.

어찌나 서럽게 우는지 북궁천은 미안한 마음에 고개를 슬며시 돌렸다. 주서광의 죽음에 자신의 책임도 없지 않았으니까.

그래서 북궁천은 유원당의 암살미수사건에 대해서 따지지 않기로 했다. 자신을 건들지만 않는다면.

"이제부터 단숙은 모든 일을 제쳐 두고 진아만 지켜."

"알겠습니다, 주군. 소군을 보니 옛날 생각이 나는군요. 주군을 처음 봤을 때도 요만 했었는데…… 어이구, 소군 고추 좀 보십시오."

"만지지 마. 잠 깰라."

그 때 방 밖에서 호양곽의 목소리가 들렸다.

"주군, 삼대세력의 주인들이 왔습니다."

북궁천은 잠든 진아가 깨기라도 할까 봐 조심스럽게 몸을 일으켜 방을 나왔다.

세상의 무엇보다 급한 것은 진아를 데리고 돌아가는 것

이다. 약속만 아니었다면 그렇게 했을 것이다.

그러나 그는 유원당과의 약속을 어길 수가 없었다.

자신의 목숨을 던지겠다고 나선 사람들도 있거늘, 자신의 욕심만 챙기고 떠난다면 평생 짐이 될 것이었다.

'사흘만 더 기다려 다오, 려려.'

그가 유원당과 약속한 기간은 사흘이었다.

\*　　\*　　\*

삼대세력의 주인들은 북궁천이 아들을 구해 낸 것을 앞다투어 축하했다.

"축하합니다, 궁주!"

"궁주, 진심으로 축하하외다!"

"아기 때문에 마음고생이 심했을 텐데, 정말 잘된 일이오, 하하하하!"

일행으로 유일하게 참석한 연소랑도 씩 웃으며 축하해 주었다.

"축하해."

그 말에 연풍척은 가슴이 뜨끔했다.

'후우, 저 애 때문에 내가 제 명에 못 살지.'

삼대세력의 주인은 북궁천에 대해서 더 이상 평대를 하지 못했다.

하지만 연소랑은 달라질 줄을 몰랐다.

얼마 전까지만 해도 연풍척은 그런 딸에 대해서 별다른 생각을 하지 않았는데, 지금은 딸이 그렇게 말하는 걸 볼 때마다 걱정이 앞섰다.

'저런 성격 때문에 북혈회에 불이익이 오지 않을까?' 하는 북혈회주로서 회를 걱정하는 마음과, '저러다 시집도 못 가는 거 아닐까?' 하는 순수한 아버지로서의 우려가 복합된 마음이었다.

어쨌든 지금은 그런 걱정보다 당장 눈앞에 닥친 일이 더 문제다.

사실 세 사람은 밝은 표정과 달리 살얼음 위를 걷는 마음이었다.

정파연합과 천사교.

어느 쪽도 그들에게는 넘을 수 없는 산이었다.

삼파가 힘을 합쳤으니 재채기에 날아갈 정도는 아니지만, 대결이라는 말을 하기가 무안할 정도로 힘에서 차이가 났다.

"저, 궁주. 앞으로 저희는 어떻게 했으면 좋겠습니까?"

설문이 먼저 물었다.

북궁천은 생각할 것도 없다는 듯 명령하듯이 말했다.

"천사교로 보낸 무사들을 모두 철수시키쇼."

그 말에 적주원이 눈을 크게 떴다.

"괜찮겠소?"

"천사교로선 당연히 화를 내겠지만, 당장 이곳에 신경 쓸 정신은 없을 거요."

연풍척과 설문이 북궁천의 말을 이해하고 고개를 끄덕였다.

하지만 그 정도로는 불안감이 완전히 사라지지 않았다.

"정파연합은 우리를 어떻게 생각하고 있소? 만약 그들이 이긴다면 우리를 보고만 있진 않을 것 아니오?"

연풍척의 질문에 북궁천이 유원당과 나눈 이야기를 전했다.

"당신들이 철수한 것만으로도 그들은 기회를 줄 거요. 닷새 정도면 정리하기에 적당한 시간 같은데. 그때까지 싸움이 끝나지 않으면 상관없는 일이고."

"물론 그 정도면 충분하오. 그런데 우리가 떠날 때 그들이 뒤쫓아 오면……?"

"쉽게 그러지 못할 거요. 나와 적이 될 생각이라면 몰라도."

그제야 연풍척의 표정이 조금 펴졌다.

그런데 적주원이 넌지시 물었다.

"천사교가 이기면 어떻게 되는 거요?"

연풍천과 설문도 잔뜩 궁금한 표정으로 북궁천을 바라보았다.

북궁천이 냉소를 지으며 말했다.

"그건 걱정할 것 없소. 현재 두 세력의 전력은 비슷하오. 설령 천사교가 승리한다 해도 피해가 막대할 것이오. 그런 상황이 되면 그들은 오히려 자신들의 안위를 걱정해야 할 거요."

"그 말씀은……?"

"사냥할 힘도 없는 호랑이는 늑대 밥이 되는 게 자연의 섭리요."

그 말을 들은 네 사람의 눈이 휘둥그레졌다.

상주의 삼대세력이 천사교를 잡아먹을 수도 있다! 그런 말이 아닌가 말이다.

물론 조건이 있었다.

북천마제 북궁천이 그들 곁에 있어야 한다는 것.

그 때였다.

연소랑이 입술을 지그시 깨물더니 뜻밖의 말을 했다.

"어차피 이렇게 된 것. 당신이 우리를 이끌어 줘."

연풍척과 적주원, 설문이 흠칫하며 그녀를 바라보았다.

북궁천이 그에 대해서 아무 말도 않자 그녀가 다시 말했다.

"남들 눈치 보면서 도망치듯 떠나고 싶지 않아. 떠나더라도 당당하게 떠나고 싶어. 허락한다면, 서마련과 남패령은 어떻게 할지 몰라도 우리 북혈회는 당신을 따라가겠어."

"북천궁 사람이 되겠다는 거냐?"

"전에 그랬잖아, 갈 곳이 마땅치 않으면 좋은 곳 소개시켜 준다고. 그때 북천궁을 생각하고 있었던 것 아냐?"

그랬었다.

북궁천도 부정하지 않았다.

"맞아. 그런데 네 생각이 북혈회 전체의 생각이라고 할 순 없잖아?"

그 말에 연풍척이 북궁천을 직시했다.

"북혈회의 생각이라고 여겨도 좋소."

사실 그와 연소랑은 북궁천이 북천마제라는 걸 안 이후 나름대로 결정을 내린 터였다. 때를 기다리느라 아직 말을 못 했을 뿐.

북혈회가 통째로 수중에 들어오는데 마다할 북궁천이 아니었다.

"좋아. 그럼 지금부터 북혈회는 북천궁 조직으로 생각하지."

그러자 설문이 망설이며 입을 열었다.

"저희 서마련도 가고 싶은 사람들은 궁주를 따라가면 안 되겠습니까?"

"함께 갈 거요?"

"데려가 주신다면……."

지금 천사교와 등을 지면 혈문이나 마종보와도 등을 지는 셈이다.

그들이 손을 쓰지 못할 곳으로 멀리 떠나야 하는데, 어차피 떠날 거라면 북천궁도 괜찮을 것 같았다.

이제 남패령만 남은 상황.

적주원은 화끈한 성격답게 고민하지 않았다.

"나도 따라가지 뭐!"

그는 다시 만난 동생과 헤어지고 싶지 않았다.

"따로 살길을 찾아가겠다는 애들은 듬뿍 집어 주면 되지 않겠수?"

그동안 삼대세력을 아우르긴 했어도 하나라고는 할 수 없었다.

그런데 이제 하나가 되었다.

북천마제 북궁천이 이끄는 세력!

천하의 어느 누구도 얕볼 수 없는 세력이 탄생했다.

천사교와 정파연합으로선 생각조차 못 한 일이 벌어진 것이다.

북궁천은 혼자서만 생각하고 있던 일이 연소랑의 말을 기점으로 자연스럽게 이루어지자 만족한 웃음을 지었다.

이제 호연도광에게 자신이 어떤 잘못을 했는지 깨닫게 해 주는 일만 남았다.

'내 너를 반드시 지옥으로 보내주마, 호연도광.'

*　　　*　　　*

　호연도광은 가슴에 쌓인 분노를 털어 내고 침체된 사기를 북돋기 위해 수뇌부를 소집했다.

　정파연합의 힘이 막강하다는 것은 그도 인정했다. 그러나 유원당이 없는 이상 머리 없이 힘만 센 불곰이나 마찬가지였다.

　유원당 대신 구심점이 될 영허진인은 모사가 아니고, 공손후나 제갈상은 애송이로 보일 뿐.

　북궁천이 마음에 걸리긴 하지만, 고수 다섯이 합공한다면 북궁천이 아무리 강하다 해도 충분히 상대할 수 있으리라.

　호연도광은 나름대로 계산을 마치고 전면을 바라보았다.

　금화전에는 천사교의 수뇌부와 혈문, 마종보의 주요 간부, 그가 초청한 고수들이 모두 모여 있었다.

　막강한 전력!

　자신감에 찬 그는 어깨를 펴고 소리쳤다.

　"이제부터 놈들을 공격할 것이다! 모두들 각오를 단단히 하고 놈들을 쳐부수는 데 전력을 다하도록 하라!"

　기이한 떨림이 있는 그의 목소리는 장중의 마도고수들

가슴을 흔들었다.

"천사의 세상을 위하여!"

"영원불멸의 마도세상을 위하여!"

천사교 간부들과 마도고수들이 들뜬 가슴으로 소리칠 때 금화전 안으로 대여섯 사람이 들어왔다.

그들 중 선두에 서서 들어오는 자는 핏빛 붉은 장포를 걸친 쉰 살가량의 중년인이었다.

각진 얼굴에 주먹코, 길게 찢어진 눈은 마주 보기 힘들 정도로 차가웠고, 걸음걸음에서는 천하를 오시하는 힘이 느껴졌다.

그를 본 호연도광의 얼굴에 웃음꽃이 피었다.

"하하하하! 어서 오시오, 척 형!"

"조금 늦었소이다!"

붉은 장포의 중년인이 포권을 취했다.

그를 알아본 몇 사람이 놀라서 소리쳤다.

"척 곡주가 아닌가?"

"이제 영허진인에 대해서는 걱정하지 않아도 되겠구먼!"

현현마종(玄玄魔宗) 척발산.

중원마도를 통틀어서 다섯 손가락 안에 든다는 절대고수. 영허진인과 비교해도 뒤지지 않는 실력을 지닌 자.

척발산은 세력을 이루지 않고 대파산 혈곡에 머물며 제

자만 키웠다.

강호 활동도 드물어서 그를 알아보는 사람이 몇 안 되었는데, 그나마도 대부분 강호에서 이십 년 이상 굴러먹은 자들이었다.

호연도광은 그가 오자 천군만마를 얻은 기분이었다.

이번에 초청한 자들 중 가장 심혈을 기울인 고수가 바로 그였다.

늦어서 오지 않을 줄 알았는데 가장 중요한 시기에 나타나다니.

어찌 기쁘지 않을까!

"먼 길을 오시느라 수고하셨소."

"별말씀을. 이 척 모가 정파의 떨거지들 목을 치는 일에 빠지면 되겠소?"

"허허허허, 척 형의 말을 들으니 든든하구려."

척발산은 뒤를 돌아보았다.

"이 녀석들은 척 모가 아끼는 제자들이오. 뭐 하느냐? 교주께 인사를 올려라?"

그의 뒤에 서 있던 삼십 대 장한 넷이 두 손을 맞잡고 일제히 허리를 숙였다.

"천사종을 뵙습니다!"

하나같이 고수의 풍모가 느껴지는 자들이었다. 그중에서도 키가 크고 얼굴이 긴 말상의 장한은 눈빛이 예사롭지 않았다.

호연도광은 한꺼번에 고수가 다섯 명이나 늘어나자 흡족한 미소를 지었다.

"잘 왔네. 우리 함께 정파 놈들에게 뜨거운 맛을 보여 주도록 하세!"

*　　　*　　　*

북천마제가 아기를 구해 냈다는 소식은 정파연합의 귀에도 들어갔다.

백리진과 사공강후 등 정파연합의 수뇌부 중 북궁천과 가까이 지냈던 사람들은 가슴을 쓸어내렸다.

북궁천을 싫어했던 사람들조차도 그와 싸워야 하는 부담을 덜었다는 것에 안도했다.

천사교와의 싸움을 앞둔 지금으로서는 그보다 더 좋은 소식이 없었다.

그렇게 유원당과 임강령이 사라지면서 침체된 정파연합의 분위기가 반전되어 갈 때였다.

금천장 정문에 피범벅이 된 머리 두 개가 내걸렸다.

얼마 지나지 않아 장대에 꽂힌 채 피에 젖은 머리카락을 휘날리는 그 머리의 주인이 유원당과 임강령이라는 소문이 들불처럼 번졌다.

정파연합에도 곧 그 소식이 전해졌는데, 군웅들은 그 소문을 듣고 대경했다.

두 사람이 사라졌다는 말에 걱정이 태산 같았던 정파연합 수뇌부에게는 청천벽력이 아닐 수 없었다.

"총군사와 임 대협의 머리가 내걸렸다고? 그게 사실인가?"

남궁원이 경악한 표정을 지으며 물었다.

소식을 전한 천종원이 어색한 표정으로 대답했다.

"그렇습니다, 남궁 가주."

"그게 무슨 소린가? 그럼 총군사와 임 시주가 정말 천사교에 당하기라도 했단 말인가?"

천종원이 머리를 긁적였다.

"그게 아니라……."

왠지 괴이한 표정.

남궁원은 물론이고 곁에 있던 군웅들이 천종원을 주시했다.

더욱 괴이한 것은 당연히 놀라야 할 서너 명이 놀라지도 않고 담담한 표정이라는 것이었다.

공손후, 제갈상, 백리진, 그리고 영허진인이.

관호명은 뭔가 숨겨진 일이 있다는 걸 눈치채고 천종원을 다그쳤다.

"대체 무슨 일인지 말해 보게나! 답답하게 하지 말고!"

그 때 한쪽에 앉아 있던 사공강후가 벌떡 일어나더니 놀란 목소리로 소리쳤다.

　"총군사! 임 대협!"

　군웅들이 일제히 소리친 곳을 바라보았다.

　저 멀리 숲 안쪽에서 유원당과 임강령이 나오고 있었다.

　갑자기 사라졌다는, 머리가 금천장 정문에 내걸렸다는 그 주인공들이.

　그리고 그들 옆에는 그들을 찾으러 떠났던 황보청과 종리기진이 함께 있었다.

　삼십여 명의 군웅들은 어안이 벙벙한 표정으로 그들이 다가오는 걸 바라보았다.

　잠시 후, 군웅들 앞에 그들이 도착했다.

　"죄송합니다; 본의 아니게 걱정을 끼쳐 드렸습니다."

　유원당이 두 손을 맞잡은 채 깊숙이 허리를 숙이며 사과했다.

　관호명은 남들이 아는 일을 자신이 모르고 있었다는 것에 기분이 상한 듯 인상을 쓰며 유원당을 바라보았다.

　"허어! 대체 어떻게 된 일이오, 총군사?"

　유원당이 미소를 지으며 말했다.

　"미리 말씀드리지 못한 점. 이해해 주십시오, 관 대협."

　이번에는 어깨가 피로 물들어 있던 선우명이 다그치듯 물었다.

"이보시오, 총군사. 금천장 정문에 내걸렸다는 머리는
또 뭐요?"

유원당이 쓴웃음을 지으며 대답했다.

"아마 제 머리가 맞을 겁니다."

"그게 무슨 말이오?"

"북궁 궁주에게 저와 임 대협의 머리를 갖다주고 아기와
교환하라고 했습니다. 그래서 저와 임 대협의 머리가 정문
위에 걸린 거지요."

"그러니까 가짜 머리로 호연도광을 속였단 말이오?"

"어쩌다 보니 그렇게 되었습니다."

많은 사람들이 감탄을 금치 못했다.

가짜 머리로 천사종 호연도광을 속이고 마제의 아기를
구하다니!

그러나 유원당의 행동이 못마땅한 사람도 있었다.

"그러한 사실을 왜 미리 말하지 않은 거요? 모두들 정말
사라진 줄 알고 걱정했잖소?"

선우명의 목소리에서 기분 상한 감정이 묻어 나왔다. 다
른 사람들 몇몇도 유원당 독단으로 진행한 계획을 질책했
다.

"그건 정말 총군사가 잘못했소이다."

"우리를 그리 믿지 못해서야 원……."

"가짜 머리로 적을 속이는 것이 무슨 대단한 계책이라고

말을 하지 않는단 말이오?"

"이제 봤더니 총군사의 눈에는 우리가 안중에도 없는 모양이구려."

그 때 무당의 장로인 청원도장이 눈살을 찌푸리며 예리하게 파고들었다.

"결국 우리들 몰래 마제와 협상을 했다는 뜻이 아니오?"

유원당은 쓴웃음을 매단 채 고개를 숙였다.

"죄송하게 되었습니다. 그의 마음을 돌리기 위해서 어쩔 수 없었습니다."

"다행히 계획이 성공한 것은 잘된 일이기 하오만, 그 정도 일로 총군사가 우리 모두를 속이고 마도의 인물인 마제와 협상한 것은 용납하기 힘든 일이외다."

무림맹 사람 몇과 선우명을 비롯한 삼성궁의 장로 서너 명이 고개를 끄덕이며 동조했다.

유원당은 그들의 뜻을 알고도 다른 변명을 하지 않았다.

북궁천이 호연도광의 족쇄에서 풀려났다는 것만으로도 자신은 할 만큼 한 셈이었다.

이제는 힘을 합쳐서 천사교를 공격하는 일만 남았다.

금천장이 코앞인 상황.

이제는 자신이 아니어도 충분했다.

"그 일의 책임을 지고 제가 총군사의 직을 내려놓겠습니다."

"뭐, 꼭 그러라는 것은 아닌데……."

청원도장은 아니라고 하면서도 은근히 바라는 대로 되어서 만족한 눈치였다.

선우명 역시 속이 시원하다는 표정이었고.

유원당을 끌어내리는 일을 주도한 청원도장은 영허진인을 바라보았다.

"사숙, 제갈 시주라면 충분히 총군사를 할 재목이라 생각합니다만, 어떻게 생각하십니까?"

조용히 있던 영허진인이 청원도장을 지그시 바라보며 탄식하듯이 말했다.

"노도는 왜 무림맹이 지난날 천사지난을 겪어야 했는지 오늘에서야 확실하게 깨달았다."

"예?"

"당시의 장로들도 사질이나 다름없었지. 마음이 썩은 사람들이 장로를 맡고 있었으니 어찌 천사종 같은 자에게 농락당하지 않겠느냐?"

"사, 사숙……."

청원도장의 얼굴이 창백해졌다.

목소리는 나직했다. 그러나 그 말속에 들어 있는 뜻은 천둥보다 더 맹렬했다.

영허진인은 그를 보지도 않고 자리에서 일어났다.

그리고 합장한 채 천천히 유원당을 향해 허리를 숙였다.

"무량수불. 용서해 주시게, 총군사. 다 이 사숙이라는 늙은 말코가 잘못 가르친 탓이네."

당황한 유원당이 급히 손을 뻗어서 몸을 세웠다.

"진인, 이러지 마십시오. 제가 말씀드리지 않은 것은 분명 잘못한 일입니다. 저는 그 일에 대해서 책임을 지려는 것뿐입니다."

그런데 이번에는 이를 악다문 제갈상이 털썩 무릎을 꿇었다.

"총군사! 저는 총군사를 반 푼도 따라갈 수 없는 사람입니다! 그만두신다는 말씀을 거두어 주십시오!"

항상 자신감이 넘치던 제갈상이다.

유원당에게 뒤질 것이 없다는 자부심으로 똘똘 뭉친 제갈세가의 기재.

그런 그가 왜 유원당 앞에 무릎을 꿇고 격정에 찬 목소리로 간청한단 말인가?

갑작스런 상황에 군웅들 모두 석상처럼 굳어서 지켜보기만 했다.

그 때 공손후가 냉랭한 눈빛으로 군웅들을 둘러보며 말했다.

"정파의 승리를 위해 지금 당장 목숨을 내놓을 자신이 있으신 분들만 총군사를 질책하십시오!"

진왕리가 눈을 퉁방울처럼 크게 뜨고 물었다.

"무슨 뜻으로 하는 말인가, 소성주?"

"숙부, 원래 총군사와 임 대협께선 가짜 머리로 호연도광을 속이려 하셨던 게 아닙니다."

"응? 그럼 금천장에 걸린 머리는 뭐지?"

주위가 고요해졌다.

군웅들은 눈도 깜박이지 않고 공손후를 바라보았다.

유원당은 무안한 표정으로 공손후를 말리려 했다.

"소성주……."

그런데 거꾸로 공손후가 손을 들어서 유원당의 입을 막았다.

"막지 마십시오, 총군사. 지금 말하지 않으면 미쳐 버릴 것 같습니다."

그러고는 두 눈에서 한광을 번뜩이며 말을 이었다.

"두 분은 진짜로 자신들의 머리를 내놓겠다며 북궁 궁주를 찾아갔습니다. 천사교를 물리치려면 북궁 궁주의 도움이 절실히 필요하다고 생각하셨기 때문이지요. 그를 만나서 이렇게 말했지요. 우리 머리를 줄 테니 호연도광과 협상해서 아기를 되찾아라."

공손후는 잠깐 말을 멈추고 천천히 주위를 둘러보았다.

숨소리조차 들리지 않았다.

나무 위의 새들도 궁금한지 소리를 죽이고 귀를 기울였다.

숨을 들이쉰 공손후의 힘이 담긴 목소리가 나직하게 이어졌다.

"심장이 멈출 정도로 놀란 저와 제갈 형은 두 분을 말리려 했습니다. 그런데 두 분의 너무나 편안한 표정을 보고 말이 잘 나오지 않았습니다. 바로 그때, 북궁 궁주가 묘책을 내놓았습니다. 그래서 금천장에는 가짜 머리가 내걸렸고, 두 분은 목숨을 부지한 채 이 자리에 계신 것입니다. 만약 그가 묘책을 내놓지 못했다면…… 지금 금천장에는 앞에 계신 두 분의 머리가 내걸렸을지도 모릅니다. 아마 웃는 얼굴이었겠지요."

그제야 전말을 알게 된 군웅들은 아연한 표정으로 유원당과 임강령을 바라보았다.

정의를 위해 죽음을 각오하겠다는 사람들은 많다.

자신들도 그러한 각오로 참여했으니까.

죽을 수밖에 없는 싸움이라 해도 명령이 떨어지면 뛰어들 사람 역시 다수일 것이다.

그러나 그러한 마음과 자진해서 칼 앞에 목을 내민다는 것은 비슷하게 보이면서도 많은 것이 다르다.

입을 떡 벌리고 있던 진왕리가 유원당을 향해 포권을 취하며 격동에 찬 목소리로 말했다.

"총군사! 이번 전쟁이 끝나면 이 진 모에게 술 한잔 함께 할 수 있는 영광을 베풀어 주시구려!"

　　　　　　　*　　　　*　　　　*

　"뭐야?"

　숙야돈은 눈을 치켜뜨며 벌떡 일어났다.

　상주의 삼대세력에서 차출한 무사들이 슬금슬금 빠져나
가더니 어느새 대부분 이탈했다는 보고였다.

　남은 자들은 철수 명령을 미처 듣지 못했거나 천사교에
들어가기로 작정한 자들뿐.

　무위가 약해서 큰 도움이 안 되는 자들이지만 빠져나간
자들의 숫자가 사오백이나 되었다.

　당장 외곽 경비를 걱정해야 할 판.

　분노한 숙야돈의 얼굴이 붉어졌다.

　"이놈들이 감히!"

　"아무래도 마제가 뒤에서 움직인 것 같습니다."

　고구선의 말에 숙야돈의 얼굴이 일그러졌다.

　당장 고수들을 파견해서 놈들에게 뜨거운 맛을 보여 줄
생각이었다. 그런데 마제가 그들을 움직였다면 그럴 수도
없었다.

　그 말인즉 마제가 상주에 있다는 뜻. 뜨거운 맛을 보여
주기는커녕 뜨거운 물을 뒤집어쓸 게 뻔했다.

　"끄응, 끝내 그놈이 말썽이군."

북혈회가 북궁천 손에 들어간 것은 전부터 알고 있었다.

그런데 언제 서마련과 남패령까지 움직일 수 있게 되었단 말인가?

문득 자신이 얼마 전 북궁천에게 내린 명령이 떠올랐다.

그가 마제인 줄도 모르고 서마련과 남패령을 맡겼었다. 아무리 생각해 봐도 그때 서마련과 남패령을 손아귀에 넣은 것 같다.

"빌어먹을! 힘만 센 멧돼지가 아니라는 건 알았지만 그런 여우 짓을 할 줄이야!"

그것도 보통 여우가 아니다.

숙야돈은 이를 으드득 갈며 빠르게 머리를 굴렸다.

언제 유원당과 임강령의 머리가 가짜라는 게 알려질지 몰랐다.

화를 피하려면 전체 상황을 복잡하게 만들고 바삐 움직여야 했다.

교주가 자신에게 죄를 물을 정신조차 없을 정도로.

정파연합을 혼이 빠질 정도로 몰아붙이면서.

'흥! 유원당, 네놈이 대단하다는 것은 인정해 주마. 하지만 네놈에게 뒤지고 싶은 마음은 조금도 없느니라!'

전쟁은 어느 한쪽의 목이 떨어질 때까지 끝난 것이 아니다.

최후에 웃는 자가 승자인 법!

'문제는 마제야. 그 새끼가 돌아가지 않고 빚을 갚겠다고 날뛰지만 않으면 좋겠는데……'

북궁천이 상주에 남은 이유를 짐작하는 것은 어렵지 않았다. 그래서 더 짜증이 나고 불안했다.

하지만 북궁천이 싸움에 뛰어든다면 오히려 뒤통수를 칠 기회가 생길 수도 있었다.

'죽일 놈! 내가 순순히 당할 줄 알고?'


일각 후.

뒷문을 통해 금천장을 빠져나온 법당주 과종위는 백 명의 수하들을 데리고 우회해서 여명산으로 향했다.

그 외에도 또 다른 법당주 하나가 적을 혼란시키는 일에 투입되었다.

철저히 천사교도로만 이루어진 이백여 명.

그들은 얼마 남지 않은 독암기를 나누어 갖고서 결사의 마음으로 금천장을 나섰다.

숙야돈이 그들을 보낸 것은 그들이 죽음을 두려워하지 않는 천사교도들이기 때문이었다.

명령이 떨어지기 전에는 목이 떨어질 때까지 후퇴를 모르는 자들.

그런데 그는 그들을 보내면서 후퇴하라는 명령을 내리지 않았다.

후퇴는커녕 오히려 목숨을 아끼지 말라고 했다.
천사의 세상을 위하여!

第八章

죽이지 않으면 죽는다

여명산 기슭은 넓었다.

이천여 명을 품었는데도 기껏해야 발 위에 파리가 올라 탄 듯했다.

정파연합 무사들은 최대한 편한 휴식을 취하기 위해서 나름대로 좋은 지형을 골라 자리 잡았다.

유원당은 적의 공격을 우려해서 지나치게 멀리 떨어지는 것을 금했지만, 사람 중에는 그런 말을 한 귀로 듣고 한 귀로 흘려버리는 사람이 종종 있었다.

등경 역시 그랬다.

그는 몇 번의 싸움을 하면서 불만이 쌓였다. 다른 이유

때문이 아니라 자기 자신 때문이었다.

나름대로 산서에서 이름을 날린 그였다. 철군성의 사위로서 뿐만이 아니라 실력으로도.

산서의 무사라면 그를 모르는 이가 없었다. 하기에 그는 중원으로 오면서 꿈에 부풀었었다.

중원에 철무검 등경의 이름을 알리리라!

천하의 많은 무사들이 자신을 우러르게 만들고 말리라!

그런데 생각처럼 되지 않았다. 중원에는 자신이 생각한 것보다 고수들이 훨씬 많았다.

자신은 특출 나지도 않았고, 수많은 고수 중 하나에 불과했다. 잘해야 오십 명 안에 들 수 있을까 싶을 정도.

그러다 보니 진짜 고수들 사이에 매몰되어서 얼굴도 못 내미는 신세가 되었다.

짜증 나게도 그게 현재의 자신이었다.

'내가, 이 철무검 등경이 고작 이것밖에 되지 않았던가?'

자괴감이 들 정도.

마음이 씁쓸해진 그는 자신을 따르는 금사령 무사 이십여 명과 함께 본진으로부터 삼십여 장 떨어진 곳에서 휴식을 취했다.

총군사는 멀리 떨어지지 말라고 했지만, 그곳에는 작은 개울물이 흐르고 있어서 벗어나고 싶지 않았다.

떨어졌다고 해 봐야 기껏 삼십여 장이었다.

설마 무슨 일이 있으랴?

그런 마음에 외곽을 감시하겠다는 핑계를 대고 눌러 앉았다.

'빌어먹을. 이럴 줄 알았으면 따라오지 않았을 텐데…… 괜히 따라왔어.'

그는 깍지 낀 손을 뒷머리에 대고 뒤로 드러누웠다.

그런데 머리를 뒤로 젖힌 덕분에 자신의 뒤쪽에서 빠르게 접근하는 자들이 눈에 들어왔다.

벌떡 일어난 그는 수하들을 향해 소리쳤다.

"조심해! 습격이다!"

등경이 소리침과 동시.

피비비비빙!

예리한 파공음이 들리는가 싶더니 금사령 무사들을 향해서 암기가 우박처럼 날아왔다.

수백 개의 암기는 앉아서 쉬고 있던 금사령 무사들을 향해 집중적으로 날아들었다.

무사들이 다급히 몸을 피했지만 날아든 암기가 워낙 많았다.

"크윽!"

"억!"

"윽. 이런, 제기랄!"

내여섯 명이 암기를 피하지 못하고 몸 여기저기에 맞았다.

급소는 대부분 피했지만, 문제는 암기에 독이 묻었을지 모른다는 것이었다.

금사령 무사들은 급히 무기를 빼 들고 적의 공격에 대비했다.

곧 개울 건너편 숲 속에서 흑의인 이십여 명이 튀어나왔다. 그들은 일말의 망설임도 없이 금사령 무사들을 공격했다.

"어림없다!"

등경이 이를 갈면서 그들과 정면으로 부딪쳐 갔다.

저만치 떨어져 있던 철군성 무사들이 그 광경을 보고 달려왔다.

적의 숫자는 이십여 명. 철군성 무사 중 백여 명이 움직이자 다른 자들은 바로 도움의 손길을 뻗지 않고 일단 지켜보았다.

그런데 그들이 막 싸움이 벌어지는 곳에 도착했을 때, 흑의인들이 또 쏟아져 나왔다.

그리고 그들과 가까워지기 전에 또 한 차례 암기가 허공을 가득 메웠다.

정말 싸움을 더럽게 하는 놈들이었다.

무사가 싸우면서 암기부터 날리다니.

하지만 천사교도들은 조금도 개의치 않았다.

전쟁에서 무사도가 무슨 소용이고, 정당함이 무슨 개 풀 뜯어먹는 소리란 말인가?

이기는 것!

그것만이 전쟁의 최고 목표였다.

그리고 지금 그 전쟁의 끄트머리에서 시작되는 싸움도 마찬가지였다.

그들의 목표는 최대한 피해를 입히는 것. 자신들의 죽음은 생각지 않았다.

싸움은 길지 않았다. 기껏해야 반의반 각 정도.

천사교도들은 스물다섯 구의 시신을 남겨 놓고 썰물처럼 빠져나갔다.

철군성은 무사 십여 명이 죽고 삼십여 명이 암기에 맞았다.

하지만 싸움은 그것으로 끝난 것이 아니었다.

철군성 무사들이 사상자를 정리하고 독암기에 맞은 부상자를 손보고 있을 때 다른 쪽에서 고함이 터져 나왔다.

"적이다!"

"놈들을 막아!"

"암기를 조심해라!"

한 곳이 아니었다. 비슷한 형태의 습격이 세 곳에서 더 벌어졌다.

천사교도들은 치고 빠지면서 마지막 한 사람이 쓰러질 때까지 지속적으로 정파연합 무사들을 괴롭혔다.

이각이 지나서야 싸움이 끝났다.

들리는 소리는 나직한 신음과 두려움에 찬 목소리, 욕설 뿐.

"빌어먹을! 역시 독이 발라져 있었어."

"무기도 독이 발라져 있습니다."

"개자식들! 무인이란 놈들이 무기에 독을 바르다니."


유원당은 천종원의 보고를 받고 이마를 찌푸렸다.

"피해가 얼마나 되오?"

"칠팔십 명이 죽거나 중상을 입고 이백여 명이 경상을 입었습니다. 문제는 놈들의 암기와 무기에 독이 발라져 있어서 경상을 입은 자들도 속히 해독하지 않으면 움직이기가 곤란할 것 같습니다."

대부분 지나치게 멀리 떨어져 있던 자들이 습격을 받았다.

적은 죽음을 각오한 듯 생존자를 남기지 않았다.

죽은 자는 적이 더 많지만, 정파연합 쪽은 그 이상의 숫자가 전쟁에 참여할 수 없는 상태였다.

'놈들은 한 번의 공격으로 멈추지 않을 거다. 계속 흔들어서 혼란에 빠뜨리려고 하겠지.'

밤이 되면 더 날뛸 것이다. 그 전에 결정을 내려야 한다. 물러나든지, 공격하든지.

이를 악문 유원당이 지시를 내렸다.

"가서 각 세력의 수뇌들을 모셔 오게."

*        *        *

상주성 서남쪽에는 원중루(原中樓)라는 칠 층 누각이 우뚝 서 있었다.

높이가 워낙 높아서 성 밖이 다 보였는데, 오래전에 한 장수가 상주에 쳐들어온 적과 그 누각에서 큰 싸움을 벌였다고 한다.

장수는 결국 밑에까지 내려와서 죽음을 맞이했는데, 누각이 워낙 높다 보니 계단에 죽어 있던 무사가 삼백이나 되었다고 한다.

그때부터 사람들은 그 장수를 기리기 위해 원중루를 삼백루(三百樓)라고 부르기도 했다.

북궁천은 당시 그 장수가 서 있었던 칠 층에서 성 밖을 바라보았다.

저 멀리 금천장이 까마득하게 보였다.

비록 보이는 것은 지붕뿐이었지만 북궁천의 눈에는 바로 앞에 있는 것처럼 느껴졌다.

"천사교 놈들이 습격해서 정파연합의 피해가 제법 크다고 합니다, 주군."

호양곽의 보고를 듣고도 북궁천은 별반 표정을 보이지 않았다.

그도 숙야돈이 가만있을 거라는 생각은 하지 않았다.

"그로서는 발악이라도 하고 싶겠지. 그래야 호연도광의 손에 죽지 않을 테니까."

"오늘 붙을까요?"

뒤에서 장추람이 물었다.

"그럴 거다. 언제, 어떤 방식으로 싸울 것인지 하는 것이 문제일 뿐."

"변성까지 무너졌다면 정파연합이 유리하겠군요."

누구든 그렇게 생각할 것이다. 북궁천도 마찬가지였다. 하지만 천사교가 쉽게 무너지리라고는 생각지 않았다.

천사종 호연도광. 그는 앉아서 당할 자가 아니었다.

오히려 남들의 예상을 비웃듯이 충격적인 결과를 만들어낼지도 몰랐다.

북궁천이 아무 말도 하지 않자 냉호가 자신의 생각을 말했다.

"밤이 되면 정파연합이 불리할 테니 그 전에 공격할 가능성이 크다고 봐야 하지 않겠습니까?"

"어차피 서로 간에 시간을 오래 끌려고 하지 않을 거다.

천사교 입장에선 정파연합 쪽에 정파의 무사들이 모여드는 것이 걱정될 것이고, 정파연합으로선 천사교가 무슨 짓을 저지를지 모르니 빨리 끝내고 싶겠지."

북궁천은 결론을 내리듯 말을 맺었을 때 노중문이 안으로 들어왔다.

"주군, 금천장에서 무사들이 움직이기 시작했습니다."

"몇이나 나왔지?"

"삼사백 정도 된다고 합니다. 혈문의 무사와 천사교도들이 섞여 있는 것 같습니다."

"이동 방향은?"

"북쪽입니다."

변성에서 후퇴한 이백여 명이 금천장에서 십오 리 떨어진 외곽에 방어진을 형성하고 있었다.

섬서연합 무사들은 천사교와 너무 가까워서 함부로 공격을 못 하는 상태.

그곳을 방어하기 위해서 지원을 나가는 듯했다.

이마를 찌푸린 채 눈을 반쯤 감고 잠시 머리를 굴린 북궁천이 냉소를 지었다.

"그곳이 막히면 재미가 없지."

\*　　　\*　　　\*

유시 초.

금천장의 정문이 열리고 무사들이 쏟아져 나왔다.

이백오십은 마종보의 총호법인 철검마신 누광이 이끌고, 삼백삼십은 야랑군주 야율수가 이끌었다.

총 오백팔십.

그들은 넓게 퍼진 채 정파연합이 있는 여명산 기슭 코앞까지 전진했다.

잠은각 무사들이 금천장에 접근을 할 수 없는 상황. 정보망이 차단된 사이 금천장에서 오백여 명이 동문과 서문을 통해서 더 나왔다.

그들은 좌우로 돌아서 여명산을 향해 달렸다.


시시각각 소식이 천종원에게 전해졌다.

그러나 잠은각 대원이 접근하지 못하는 이상 정보는 단절될 수밖에 없었다.

"놈들의 움직임이 수상합니다. 저 앞에 있는 자들 외에 또 움직인 자들이 있는 것 같습니다."

유원당의 눈빛이 깊게 가라앉았다.

"결국 저들은 우리의 눈을 막기 위해서 나온 자들이라는 말이군."

기다리면 좀 더 정확한 정보를 알 수 있을 것이다.

하지만 빠르게 해가 떨어지고 있었다.

어둠이 밀려들면 불리한 것은 정파연합이다. 언제까지 앉아서 기다리고 있을 수만은 없는 일.

유원당 역시 적의 움직임에 대응할 준비를 해 둔 터였으니 망설일 이유가 없었다.

"그럼 우리도 움직이세."

"알겠습니다, 총군사."

잠시 후.

모두 이천여 명. 여덟 조로 나누어진 정파연합 무사들은 여명산 기슭을 떠나 금천장으로 향했다.

코앞까지 다가왔던 천사교 무리가 일제히 뒤로 물러나기 시작했다.

정파연합 무사들은 굳이 그들을 쫓지 않고 일정한 속도로 전진했다.

십 리를 가자 피로 물든 평원이 나왔다.

수천 마리 까마귀 떼가 먹물을 흩뿌린 것처럼 평원을 시커멓게 뒤덮고 있었다.

정파연합 무사들이 접근하자 까마귀 떼가 무리를 이루며 날아오르고, 하늘이 새카맣게 변해 버렸다.

그들은 동료의 피를 밟으며 전진했다.

아직 다 가시지 않은 피비린내가 코를 찔렀다.

가슴이 뜨겁게 타올랐다.

먼저 갔음을 아쉬워하지 마라, 형제들이여!

하늘에서 바라봐 다오, 친구들이어!

저 사악한 천사교를 무찔러 그대들 영전에 바치리라!

속으로 각오를 다진 그들은 떨어지는 햇살에 금빛으로 물든 지붕이 보일 때쯤 걸음을 멈췄다.

저 앞에 진을 치고 있는 천사교 무리가 눈에 들어왔다.

언제 나왔는지 오백여 명이 더해져서 숫자가 일천이 넘을 듯했다.

*          *          *

금천장과 정파연합이 급박한 움직임을 보이던 그 시각.

북궁천은 장추람과 적풍, 임표와 담운, 그리고 삼대세력에서 고르고 고른 고수 삼십을 대동하고서 상주를 빠져나왔다.

삼대세력 고수들 중에도 나름대로 한가락 하는 자들이 다수 섞여 있었다.

초절정경지의 고수는 없었다. 하지만 천사교가 싫어서, 용꼬리 대신 뱀 대가리라도 되는 게 낫다 싶어서 삼대세력에 머물던 절정고수가 열한 명이나 되었다.

거기다 이도저도 아닌 상태로 있다가 나중에 초청을 받고 가입한 고수도 상당수였다.

천사교나 정파연합에 비할 바는 아니지만 강호의 어느

문파 못지않은 전력이었다.

　기련검마와 싸우면서 내상을 입은 냉호와 등에 상처를
입은 철교신은 벽성장에 남겨 놓았는데, 처음에는 당연히
반발하며 함께 가겠다고 했다.


　　"저는 괜찮습니다."

　　"이 정도로는 끄떡없습니다, 주군."

　　"잔소리 말고 내 말대로 해. 너희는 남아서 단숙
　과 함께 진아를 지켜."

　　"정말 괜찮습니다, 주군."

　　"이 정도는 모기에 물린 것 정도라니까요?"

　　"진아를 지키는 일이 천사교를 무너뜨리는 것보
　다 더 중요해. 그러니 너희는 그 일만으로도 충분히
　임무를 다하는 거다. 만약 내가 돌아왔을 때 진아에
　게 이상이 있으면 알아서 해."


　결국 북궁천은 진아의 안전을 들먹이며 두 사람을 눌러
앉혔다.

　그렇게 상주를 빠져나온 북궁천 일행은 천사교 무리가
섬서 무사들을 막기 위해 진을 치고 있다는 곳으로 향했
다.

　그로부터 이각 후.

그들은 천사교의 방어진이 있는 향촌 외곽에서 오 리 떨어진 야트막한 야산에 도착했다.

향촌은 금천장으로 가기 위해서 반드시 통과해야 하는 요지였다. 향촌을 피해서 돌아가려면 적어도 삼십 리는 더 우회해야 했다.

그런데 풍요롭고 평화스런 마을의 주인이 언제부턴가 주민에서 천사교 무리로 바뀌었다.

천사교 무리가 백여 호쯤 되는 향촌을 장악한 채 주민들을 한곳으로 몰아넣고 가옥 절반 정도를 자신들이 차지한 것이다.

"들기로는 마을의 아녀자들을 겁탈하고 반항하는 남자들은 처참하게 죽였다고 합니다."

호양곽이 향촌에서 들려온 소문을 전했다.

향촌을 바라보던 북궁천의 표정에서 찬바람이 불었다.

지금까지 본 대로라면 충분히 그럴 수 있는 놈들이었다.

"죽어도 싼 놈들이군. 놈들을 지옥으로 보내 주면 염라대왕이 좋아하겠군."

그 때 상주를 먼저 나와서 섬서연합의 움직임을 살피러 갔던 노중문과 곽태문이 달려왔다.

"주군, 섬서의 무사들이 오고 있습니다. 이동 속도로 봐서는 곧 도착할 것 같습니다."

예상했던 일이다.

북궁천은 고개를 돌려서 향촌으로 들어오는 입구 쪽을
바라보았다.

저만치서 혈풍이 몰려오고 있었다.

"모두 준비해."

화산파 제자들이 왼쪽을, 종남파 제자들이 오른쪽을 맡
았다. 그리고 중앙은 진평천이 이끄는 섬서의 정파 무인들
이 책임졌다.

그들의 숫자는 천사교 무리와 비슷했지만, 대부분이 고
르고 고른 고수들이었다.

천사교 무리를 향해 내달린 그들은 잠시도 망설이지 않
고 적진을 향해 뛰어들었다.

"공격하라! 마도 놈들을 쳐라!"

"정파의 위선자 놈들을 막아라!"

천사교도들도 사력을 다해서 공격을 막았다.

금천장에서 삼백오십여 명이 달려와 이제는 숫자에서도
밀리지 않았다.

전면에서 치열한 접전이 벌어질 즈음, 북궁천은 대동한
사람들과 함께 천사교 무리의 후면으로 접근했다.

갑자기 뒤에서 한 무리의 무사들이 나타나자 천사교 무
리 중 하나가 당황해서 물었다.

"어디서 온 자들이냐?"

"너희들을 지옥으로 보내 주려고 온 사람들."

북궁천이 담담하게 대꾸하며 묵혼을 휘둘렀다.

이 장 앞에 서 있던 천사교 무사의 목이 스르르 옆으로 미끄러지더니 피분수를 뿜으며 떨어졌다.

그게 신호라도 되는 듯 장추람과 적광, 삼대세력의 고수들이 일제히 앞으로 튀어나갔다.

"적이다!"

"적이 뒤에서도 공격한다!"

뒤늦게 천사교도들이 악을 썼다.

하지만 섬서연합을 상대하느라 정신이 없던 그들로서는 북궁천 일행을 막을 만한 인원이 없었다.

북궁천이야 말할 것도 없고, 장추람과 적광은 그야말로 피를 갈구하는 혈귀처럼 적을 쓰러뜨렸다.

그들의 검광 도광이 번뜩일 때마다 두어 명씩 쓰러지니 혈문의 무사와 천사교도들은 대항할 엄두도 나지 않았다.

삼대세력에서 뽑은 고수들도 그간 근질근질하던 손발을 마음껏 풀었다.

삼대세력의 주인이 마제를 주인으로 모셨다는 말을 들은 터였다.

잘 보여야 나중에 한자리 차지할 수 있을 터. 마제의 시선을 끌기 위해서 자신의 실력을 마음껏 뽐냈다.

일부는 그저 싸움이 좋아서, 자신의 이름을 알리기 위해서 전력을 다했고.

순식간에 일백여 명이 무너졌다.

전체 전력 오백에서 일백의 피해는 무척이나 컸다.

앞쪽에서 싸우던 천사교 무리는 뒤가 무너지자 당황해서 손발이 어지러워졌다.

"진 노사! 언제까지 꾸물거리면서 싸울 거요?"

북궁천이 소리쳤다.

진평천이 그의 목소리를 알아듣고 용기백배해서 대소를 터트렸다.

"와하하하! 자네가 왔군! 모두 힘을 내서 공격하시오! 북천의 주인이 우리를 돕기 위해서 왔소이다!"

이제 북궁천의 정체를 모르는 사람이 없었다.

수하 몇 사람을 데리고 금천장으로 들어가서 아들을 구해 낸 절대고수.

그가 수하들을 데리고 왔다는 것은 천군만마가 몰려온 것과 같았다.

"천사교 놈들을 쳐라!"

와아아아아아!

반면 천사교 무리들은 북천마제가 왔다는 말에 사기가 급전직하로 떨어졌다.

"마제가 나타났다!"

"빌어먹을! 이 싸움은 더 이상 승산이 없어! 후퇴하지 않으면 몰살당할 거야!"

추가 무사를 이끌고 지원을 나온 상천군 제삼대 대주 옥궁사 역시 더 버티기가 힘들다는 판단이 서자 악을 쓰듯 소리쳤다.

"이곳을 빠져나가라!"

하지만 북궁천은 그들이 순순히 후퇴하도록 놔둘 생각이 없었다.

한시라도 전쟁을 빨리 끝내고 싶은 그였다.

"추람, 적광, 임표, 담운. 너희들은 나와 함께 놈들을 친다! 나머지는 뒤를 정리해라!"

일갈을 내질러 명령을 내린 북궁천은 뒤로 물러서는 천사교도를 향해 신형을 날렸다.

공포의 폭풍!

달리 설명할 말이 없었다.

북궁천과 장추람, 적광은 적진으로 뛰어들어서 폭풍을 일으켰다.

천사교도들이 목숨을 던지며 달려들었지만 그들의 근처에 접근도 못 해 보고 피를 뿌리며 쓰러졌다.

간혹 절정경지에 이른 고수들이 나섰지만 그들의 상황도 크게 다르지 않았다.

더구나 북궁천 등은 얌전하게 급소를 제압해서 적을 죽이는 것이 아니었다.

상황에 따라서 베고 찌르고 잘라 냈다.

사지가 사방에서 뒹굴고 허리와 목이 잘린 시신도 수십 구나 되었다.

결국 천사교도와 혈문, 마도의 무사들로 형성된 천사교 무리는 공포에 질려서 사방으로 흩어져 도주했다.

그 광경이 오죽 처절했으면 몰려든 섬서의 정파고수들이 눈살을 찌푸릴 정도였다.

북궁천은 적이 거의 다 도주한 후에야 손을 멈추었다.

후퇴하던 자들 이백여 명 중 도주한 자는 백 명이 채 안 되는 상황.

반면 북궁천 쪽은 삼대세력의 고수 중 다섯 명이 죽고 십여 명이 부상을 입었다.


섬서연합 고수들은 싸움이 멎자 북궁천 곁으로 몰려왔다.

그런데 북궁천 일행을 바라보는 그들의 표정은 그다지 밝지가 않았다.

북궁천 일행 중 강호에 알려진 마도고수가 상당수 있었다. 그들을 알아보고 눈살을 찌푸렸다.

더구나 북궁천 일행의 잔혹한 손속을 보고 어쩔 수 없는 마도인이라는 표정이었다. 자신들을 도와줬으니 대놓고 말하지 못하는 것뿐.

특히 화산파와 종남파의 장로들은 북궁천 일행을 보며 구시렁거렸다.

"굳이 그렇게까지 할 필요가 있는가?"

"허어, 정말 지독하구먼."

"등을 보이고 도주하는 자들까지 죽이다니. 손을 쓰는 게 너무 독하군. 누가 마도인들 아니랄까 봐…… 쯔쯔쯔."

북궁천의 싸늘한 눈이 그들을 향했다.

"그따위 마음으로 전쟁을 할 것 같으면 하지 마시오. 감상에 젖은 정신 상태로 전쟁은 무슨 전쟁! 저들을 죽이지 않으면 다음 싸움에서 당신들의 동료가 죽을 텐데, 그때 가서도 그런 소리를 할 거요?"

질책하는 투의 말에 화산과 종남의 장로들이 노기를 드러내며 북궁천을 노려보았다.

그러나 그들 누구도 앞으로 나서지 못했다.

눈이 마주치자 입과 발이 떨어지지 않았다.

북궁천은 그들을 더 상대하지 않고 진평천과 명진도장, 송광도장을 바라보았다.

"세 분도 우리의 행동이 못마땅하십니까?"

명진도장은 수염을 쓸어내리며 슬며시 눈을 피하고, 송광도장은 북궁천에게 갚을 빚이 있는 터라 씁쓸한 마음이면서도 한마디 거들었다.

"원시천존. 노도가 어찌 궁주를 탓할 수 있겠소?"

진평천도 어색한 미소를 지으며 상황을 정리했다.

"싸우다 보면 그럴 수도 있는 일 아닌가? 다만 이분들은 굳이 죽이지 않아도 될 자들까지 죽이는 것이 마음에 걸렸던 것뿐이네."

"죽이지 않아도 될 자? 여기 죽어 있는 자들 중 그런 자가 있단 말입니까?"

"꼭 그렇다는 말이 아니라……."

"죽이지 못하면 죽는 게 전쟁입니다. 약간의 승리를 얻었다고 마음이 너무 풀어진 것 같군요. 앞으로도 그런 마음이라면 그대들 중 죽지 않아도 될 자가 죽게 될 겁니다. 어디 그때 가서도 그런 말을 하는지 봐야겠군요."

북궁천은 냉랭히 말을 맺고 몸을 돌렸다.

"모두 돌아가자. 이분들은 우리들과 함께하고 싶은 마음이 없는 것 같다!"

"이, 이보게. 궁주."

"곧 정파연합이 공격을 시작할 겁니다. 이곳에서 지체할 시간이 없을 같군요."

북궁천은 그 말만 남기고 휙 몸을 날렸다.

장추람과 적광, 임표와 담운, 삼대세력의 고수들도 그를 따라서 빠르게 그곳을 벗어났다.

\*        \*        \*

적의 수는 일천.

유원당은 여덟 개 조로 나누어진 정파연합 무사 중 네 개 조를 선두로 내세웠다.

관호명이 이끄는 천무회, 남궁원이 이끄는 무림맹, 천군호가 이끄는 삼성궁, 여무경이 이끄는 강호군웅들.

그 뒤를 백리진이 이끄는 백검맹, 공손후가 이끄는 철군성, 공원대사가 이끄는 무림맹, 임강령이 이끄는 강호군웅이 받쳤다.

영허진인과 목부청 등 고수 십여 명은 어느 곳에도 속하지 않았는데, 그들은 전황에 따라 적절히 투입할 생각이었다.

"시작하게."

유원당이 나직이 명령을 내리자 천종원이 소리쳤다.

"공격하시오!"

전면의 사 개 조가 적을 향해 달려갔다.

쩌저저저저정! 차창!

무기 뽑는 소리가 얼음 깨지는 소리처럼 울렸다.

천사교 무리도 일제히 내달렸다.

삼십 장의 거리가 순식간에 줄어들고, 양편의 무사들이 뒤엉켰다.

떠더덩! 쩌정!

또다시 평원이 붉게 물들기 시작했다.

석양빛을 받아서 더욱 붉게 느껴지는 혈화가 곳곳에서 피어났다.


치열한 격전이 절정을 향해 치달을 무렵, 좌우에서 수백의 무리가 쏟아져 내려왔다.

와아아아아!

"천사의 세상을 위하여 위선의 무리를 처단하라!"

"정파 놈들의 목을 쳐라!"

그들이 나타나자 유원당이 소리쳤다.

"후군은 좌우의 적을 상대하시오!"

뒤에서 대기하고 있던 사 개 조가 기다렸다는 듯 좌우로 달려갔다.

유원당은 나올 자들은 다 나왔다는 판단이 서자 중앙에 있던 고수들을 향해 명령을 내렸다.

"중군은 정면을 뚫어 주십시오!"

중앙에 있던 고수들이 적진 속으로 뛰어들었다.

그 때 적진의 뒤에서 이십여 명이 몸을 날렸다.

"와하하하하! 그대가 영허진인인가!"

"무량수불! 시주는 누구신가?"

"나는 대파산의 척발산이다! 어디 한번 누가 강한지 겨뤄 보자!"

"오냐! 내 그내를 지옥으로 인도하리리!"

그 시각.

호연도광은 금화전에서 숙야돈과 함께 있었다. 그의 좌우와 뒤에는 천사팔혼 중 살아남은 삼혼이 서 있었고, 한쪽에는 처음으로 모습을 보인 이십 대 중후반의 젊은 서생이 조용히 서 있었다.

"숙야돈, 우리가 이길 거라 보느냐?"

"솔직히 말씀드려서 승패를 점치기가 힘든 상황입니다."

"그렇다면 정면 대결은 아니함만 못하구나."

"하오나 저들이 공격하기로 마음먹은 이상 피할 방도가 없습니다, 교주."

"그건 그렇지."

호연도광은 숙야돈의 말을 이해한다는 듯 고개를 끄덕였다.

숙야돈은 조마조마한 마음으로 자신의 생각을 말했다.

"싸우다가 밀린다 싶으면 장원으로 끌어들이라 했습니다. 장원 내부의 지리는 저들보다 저희가 더 잘 아는 만큼 같은 상황이라 해도 유리할 것입니다."

"옳은 생각이다. 싸움은 시와 때, 장소를 누가 얼마나 잘 이용하느냐에 따라 천지 차이의 결과를 보이는 법이다.

특히 시와 때라는 것은 별것 아닌 것 같지만, 오늘 같은 경우 승패를 결정할 정도로 아주 중요하니라. 정파 놈들 중 진법에 능하고 잔머리 잘 굴리는 놈은 많아도, 시와 때의 미묘함을 이용할 줄 아는 자는 거의 없다. 있다면 유원당 뿐이었지. 그런데 저들 중에 죽었다는 유원당이 있는 것 같은데, 어떻게 된 일이냐?"

숙야돈의 이마에 땀이 맺혔다.

"속하도 조금 전에야 보고 받았습니다. 아무래도 북궁천 그놈이 저희를 속인 것 같습니다."

"정말 유원당의 머리를 봤을 때 가짜라는 걸 몰랐느냐?"

숙야돈이 털썩 무릎을 꿇고 머리를 숙였다.

"속하가 알았다면 어찌 말씀드리지 않았겠습니까, 교주?"

"그럼 이백 명을 빼돌려서 상주로 보낸 것은 무엇 때문이더냐?"

"교, 교주. 소, 속하는……."

"곽전유. 네가 본 것이 사실이더냐?"

호연도광의 말과 동시에 좌측에서 한 사람이 걸어 나왔다.

호교삼령 웅산검호 곽전유였다.

"틀림없는 사실입니다, 교주. 모두 일백사십팔 명이 상주로 향했습니다."

"그래? 숙야돈, 어디 이제 네가 말해 봐라. 이 중요한 때에 왜 그들을 상주로 보냈느냐?"

숙야돈의 몸이 덜덜 떨렸다.

"소, 속하는 북궁천 일행이 상주를 빠져나왔다는 보고를 받고 놈의 아들을 차지하기 위해서 수하들을 벽성장으로 보냈을 뿐입니다."

"정말이냐?"

"정말이옵니다, 교주!"

"흠, 그래? 그럼 아기가 벽성장 어디에 있는지도 파악했느냐?"

"예, 교주. 놈의 아기는 벽화전 뒤쪽, 내원의 벽라전에 있다 합니다."

"호오, 그래도 아주 놀지만은 않았구나. 잘했다."

숙야돈은 호연도광의 칭찬을 듣고 겨우 안도했다.

그 순간, 호연도광의 눈동자가 검게 물들었다.

동시에 우수를 들어 올린 그가 숙야돈을 향해 손을 내리쳤다.

퍽!

이 장 거리에 있던 숙야돈의 머리가 으깨진 호박처럼 터져 버렸다.

"실수는 용서할 수 있다. 그러나 거짓말은 용서할 수 없느니라. 네놈은 유원당의 머리가 가짜인 것을 이미 알고 있었어."

나직이 뇌까린 호연도광은 곽전유를 바라보았다.

"네가 상천군 열을 데리고 상주로 가라. 북궁천이 상주를 나왔다면 북천궁에서 데려온 놈들도 함께 갔을 거다. 가서 아기를 데려와. 유아의 영전에 제물로 바칠 것이니까."

"예, 교주."

곽전유가 허리를 깊숙이 숙이고 밖으로 나가자, 호연도광이 한쪽에 서 있는 젊은 서생을 불렀다.

"조유."

존재감도 느껴지지 않던 젊은 서생이 고개를 숙이며 대답했다.

"예, 교주."

"우리가 이길 수 있다고 보느냐?"

"원래는 반반이었습니다. 그런데 사교령이 상당수를 빼돌리는 바람에 승산이 미세하나마 기울어진 상태입니다. 호교삼령이 성공한다면 또 달라질 수도 있습니다만."

승산이 기울었다고 하면서도 태연한 표정이다.

그런데 호연도광 역시 그런 점에 대해서 조금도 개의치 않았다.

"그럼 어떻게 했으면 좋겠느냐?"

"당장 후퇴시킨 후 금천장 내에서 싸우며 시간을 끌어야 합니다."

"그래? 그럼 가서 후퇴 명령을 내려라."

"복명!"

조유라는 젊은 서생이 밖으로 나가자 호연도광은 용상 깊숙이 몸을 묻었다.

'이번 일은 재미가 별로 없군. 무림맹을 와해시킬 때는 정말 재미있었는데 말이야. 북궁천, 그놈만 제대로 잡아 놓았어도 그때보다 더한 쾌감을 맛봤을 텐데……'

한 번 싹 갈아엎고 판을 다시 짜 볼까?

아직 육십이 안 된 나이.

다시 시작해도 늦지 않았다.

'호교일령이 그를 일찍 죽여 주기만 해도 조금 나을 텐데, 너무 눈치를 본단 말이야……'

밖에서 죽어 가는 자들에 대해서는 조금도 아쉽거나 안타깝지 않았다.

몇 천, 몇 만이 죽은들 어떠랴.

어차피 백 년이 지나기도 전에 모두 죽을 목숨들이 아닌가.

하찮은 것들이 조금 일찍 죽는 것 가지고 난리 피우는 걸 보면 정말 우습기만 했다.

'진짜 도가 뭔지도 모르는 놈들. 도는 삶이 아닌 죽음에 있거늘……'

호연도광은 조소를 지으면서 손가락으로 수염을 꼬았다.

문득 아기가 자신의 수염을 붙잡고 늘어지던 일이 떠올랐다.

아마 그가 순수하게 즐거움을 느낀 것은 그때가 처음이 아닌가 싶었다.

"곽전유가 살려서 데려오면 좋겠군."

*　　　　*　　　　*

콰광!

영허진인과 척발산은 일 장 거리를 두고 부딪친 뒤 튕기듯 물러나서 삼 장의 거리를 둔 채 마주 섰다.

이미 십여 초. 정과 마의 대표 고수는 막상막하의 접전을 펼치며 서로의 무공에 감탄했다.

"정말 대단하구나, 늙은 말코!"

"시주 역시 소문대로군."

"다시 한 번 받아 봐라!"

척발산이 먼저 도발하듯 말하고는 앞으로 주욱 나아가며 도를 횡으로 그었다.

묵빛 도강이 영허진인을 양단할 듯 앞으로 밀려갔다.

영허진은은 그 자리에 선 채 검을 가볍게 흔들었다. 그러나 말이 가볍다는 것이지 그의 구성 공력이 실린 태극혜검이었다.

세상 무엇이든 양단할 것 같던 도강이 영허진인의 일 장 앞에서 태극혜검의 도결을 따라 휘어졌다.

금방이라도 터질 것 같은 강기의 뒤엉킴!

근처에 있던 무사들은 소름 끼치는 위기감을 느끼고 상대를 놔둔 채 정신없이 몸을 날렸다.

그와 동시에 고막을 먹먹케 하는 굉음과 함께 두 거인의 기운이 폭발했다.

콰아앙!

영허진인과 척발산은 단단한 땅을 고랑처럼 파며 주르륵 밀려났다.

거의 같은 깊이. 그러나 거리는 영허진인이 일곱 자, 척발산이 일곱 자 반이었다.

미세하나마 영허진인이 우세를 보인 듯했다.

그러나 고수들의 격전은 그러한 것만으로 평가할 수 없었다.

물러섬을 멈춘 척발산은 도를 불끈 쥐고 재차 공격에 나섰다.

그의 현현팔도(玄玄八刀)는 무겁고도 살기가 넘쳤다.

영허진인은 칠성에 구궁이 융화된 청무십삼검으로 현현팔도를 막았다. 그의 검은 가벼운 것 같으면서도 빈틈이 없었고, 빠르면서도 변화가 무궁무진했다.

한편, 두 거인이 접전을 벌이는 동안 목부청과 백리진, 관호명은 기련검마와 혈왕, 방철산을 상대했다.

그들 역시 누가 우세하다는 판단을 내리기 어려울 만큼 비등한 접전을 삼십 초째 이어 가고 있었다.

공손후와 진왕리, 사공강후, 남궁원, 공원대사, 공려대사, 천군호, 선우명, 여무경 등 정파연합에서 내로라하는 고수들도 천사교의 장로와 호법, 역천군주 만우궁을 비롯해서 혈문과 마종보의 최고 고수들을 상대하며 한 치도 물러서지 않았다.

정파연합은 오늘이 아니면 천사교를 무너뜨릴 기회가 없기라도 한 것처럼 전력을 다했다.

천사교 무리도 밀리면 마도가 무너지기라도 하는 듯 혼신의 힘을 다해서 정파연합을 막았다.

일대 사방 오 리 이내가 온통 시뻘겋게 변한 상태.

피범벅이 되어서 죽어 간 자가 근 일천이고, 부상당한 몸으로 마지막 발악을 하듯이 싸우는 자가 반을 넘었다.

이대로 싸움을 계속하면 양쪽이 양패구상을 당하고 전멸에 가까운 피해를 입을 것처럼 보이는 상황.

그럼에도 정파연합과 천사교 무리는 물러설 기색이 없었다.

마치 이곳에서 끝장을 보지 못하면 천추의 한이 남을 거라고 생각하는 듯 보일 지경이었다.

그러나 시간이 가면서 천사교 무리가 조금씩 밀려났다.

정파연합은 전과 달리 전진을 멈추지 않았다. 멈추기는 커녕 더욱 거세게 적을 몰아붙였다.

"힘을 내라! 적이 물러서고 있다!"

"쉬지 말고 몰아붙여!"

고함 소리와 비명이 뒤섞여서 평원을 울렸다.

바로 그 때, 금천장 쪽에서 북소리가 들렸다.

둥둥둥둥둥!

그리고 곧 조유의 낭랑한 목소리가 혈전장에 울려 퍼졌다.

"천사의 제자들은 금천장으로 후퇴해라!"

第九章

제대로 미친놈

　북궁천은 장추람과 적광, 임표, 담운만 대동하고서 금천
장으로 향했다.

　상주 삼대세력의 고수들과 호양곽, 노중문, 곽태문은 상
주로 돌려보냈다.

　그들 대부분은 강호에서 알려진 마도인이다.

　섬서연합과의 일에서도 드러났다시피 정파연합과 손발
을 맞춘다는 것도 어색하고, 자칫해서 마찰이라도 생기면
아니 가느니만 못했다.

　북궁천 일행이 금천장 뒤쪽 천금산의 허리를 돌아 갈 무
렵, 숙야돈이 보낸 백사십팔 명의 천사교 무리가 상주로

스며들었다.

그들은 고구선이 이끄는 일조를 제외한 귀밀영 사 개 조 마흔, 사야승이 죽으며 숙야돈 밑으로 들어온 초마를 비롯 한 사밀영 열여섯, 새로 들어온 자들 중 숙야돈이 자신의 입지를 강화하기 위해서 특별히 고르고 고른 고수 스물, 숙야돈에게 딸려 있는 법당주와 일흔한 명의 천사교도로 이루어져 있었다.

남문과 동문, 서문을 통해서 상주로 들어간 그들은 벽성 장을 향해 움직였다.

개중에는 무사의 복장을 한 자도 있었고, 각양각색의 신 분으로 위장하고 무기를 든 봇짐을 멘 자도 있었다.

사방에서 조이듯이 벽성장으로 접근하던 그들은 왠지 모 를 압박감에 발걸음이 조심스러워졌다.

초마는 심상치 않음을 느끼고 근처의 수하 넷에게 전음 을 보냈다.

─감시받고 있다, 모두 조심하도록.

거의 같은 시각, 삼귀마수(三鬼魔手) 홍중량도 눈을 가늘 게 뜨고 함께 움직이는 동료들과 눈짓을 주고받았다.

천수(天水) 일대에서 마명을 떨치던 그는 천사교의 초청 을 받고 온 마도인 중 다섯 손가락 안에 드는 고수로, 이번 일에서 아홉 명을 책임지고 있었다.

그는 다른 자들에게 마제의 아기를 넘겨주고 싶지 않았

다.

알게 모르게 마제의 아기를 놓고 경쟁이 벌어진 상황. 마제의 아기를 차지하면 그만큼 위상이 높아질 테니까.

그와 그의 일행은 혹시 모를 적의 공격에 대비해서 거리를 조금 더 벌렸다.

그런데 벽성장이 저만치 보일 동안 별다른 일이 벌어지지 않았다.

'공연한 기우였나?'

내심 안도한 홍중량은 좌우를 자연스럽게 바라보며 슬쩍 고개를 끄덕였다.

벽성장에 대한 정보가 미흡한 것이 아쉬웠다. 그러나 사람을 보내서 정보를 취득할 만한 시간이 없었다.

마제가 돌아오기 전에 아기를 납치하려면 시간이 많지 않았다.

서서히 공력을 끌어 올린 그는 성큼성큼 벽성장을 향해 발을 내디뎠다. 대로를 따라 삼십여 장만 더 가면 벽성장의 담이었다.

그 때였다.

벽성장 저 건너편 쪽에서 고함이 터져 나왔다.

"적이다!"

"놈들을 막아라!"

귀밀영이 먼저 공격을 시작한 듯했다.

뒤이어 다른 쪽에서도 고함 소리와 싸우는 소리가 들렸다.

"젠장! 잘못하면 뺏기겠군. 우리도 가자!"

마음이 급해진 홍중량이 주위를 향해 소리치고 땅을 박찼다.

그 직후 좌우와 후면에서 함께 걷던 아홉 명이 몸을 날렸다.

그런데 벽성장의 담이 십오 장쯤 남았을 때, 좌우의 건물에서 수십 명이 뛰어내리며 홍중량 일행을 공격했다.

"빌어먹을! 역시 우리가 오는 걸 알고 있었군!"

한 소리 내지른 홍중량은 멈추지 않고 달려가며 쌍수를 휘둘렀다.

이곳에서 멈추면 죽도 밥도 되지 않았다. 어떻게든 안으로 들어가서 마제의 아기를 탈취해야 했다.

"뚫고 안으로 진입하자!"


다른 곳의 상황도 비슷했다.

천사교 무리는 성문을 통과하는 순간부터 삼대세력에서 내보낸 정보원에게 감지되었다.

그들이 아무리 변복을 했다 해도, 눈에 불을 켜고 지켜보던 삼대세력 무사들의 눈을 완전히 속일 수는 없었다.

벽성장을 사방에서 호위하던 삼대세력 무사들은 그들이

가까이 접근할 때까지 기다렸다. 그리고 그들이 코앞까지 다가오자 일제히 공격했다.

하지만 천사교 무리는 삼대세력 무사들이 감당하기 힘들 만큼 강했다.

몇 번의 공격으로 포위망을 벗어난 그들은 몸을 날려서 벽성장 안으로 진입했다.

"흥! 지옥에 온 걸 환영한다!"

냉호가 코웃음 치며 그들을 반겼다.

"죽일 놈들! 그러잖아도 기분이 꿀꿀했는데 잘됐군!"

철교신이 이단창을 연결한 장창으로 바닥을 쿵 치며 가늘게 웃었다.

북궁천이 그들을 남겨 놓은 이유가 부상 때문만은 아니었다. 굳이 그들이 나서지 않아도 충분할 거라 생각했기 때문이었다. 또한 부상당한 몸으로 바쁘게 움직이는 것보다는 만약의 상황을 대비해서 진아를 지키는 게 나을 거라 여겼기 때문이었다.

"한 놈에 은자 열 냥이다!"

냉호가 뜬금없이 소리쳤다.

벽성장 안에는 모두 삼백여 명의 무사들이 있었다. 밖을 지키던 자들 삼백여 명도 안으로 들어왔다.

그들은 와! 하는 함성을 내지르며 적을 향해 달려들었다.

적의 목 하나에 은자 열 냥.

명령 때문에 싸우는 것보다는 훨씬 더 힘이 날 수밖에 없었다.

앞뒤로 막힌 천사교 무리는 이를 악물고 대항했다.

법당주 기요산이 이끄는 천사교도를 제외하고는 대부분 이 고수 소리를 들을 수 있는 자들이었다.

귀밀영과 사밀영의 일반 대원들도 삼대세력의 일반 무사에 비하면 훨씬 강했다.

홍중량과 또 다른 조장, 사두마겸(蛇頭魔鎌) 무대강이 이끄는 자들은 말할 필요도 없었다.

그러나 기세를 올린 삼대세력 무사들을 막아 내기에는 한계가 있을 수밖에 없었다.

"그놈을 내가 맡는다! 비켜라!"

도를 빼 든 냉호가 홍중량을 향해 훌쩍 몸을 날렸다.

뒤질세라 철교신이 쓰윽 훑어보고는 무대강을 향해 튀어나갔다.

"너는 내 거다!"

천사교 무리의 숫자가 반쯤 줄어들었을 때 북궁천을 따라갔던 삼대세력 고수들이 벽성장에 도착했다.

죽거나 부상이 심한 자를 제외하고 열아홉 명.

그들은 끈질기게 버티는 천사교도를 향해 파도처럼 밀려

갔다.

북궁천과 함께 천사교도를 상대로 싸운 터였다.

천사교는 이제 그들과 한 하늘을 이고 살 수 없는 사이가 되었다. 후환을 없애는 길은 천사교의 몰락뿐. 그걸 알기에 그들의 공격은 유난히 살기가 넘쳤다.

그들이 합류하면서 천사교 무리의 숫자가 빠르게 줄어들었다.

"그놈 목은 내가 잘랐다!"

"무슨 소리야? 내가 먼저 심장을 쑤셨어!"

기괴한 말싸움이 여기저기서 벌어졌다. 은자 열 냥을 놓고 벌이는 다툼이었다.

그 즈음.

"크억!"

홍중량이 냉호의 칼에 한 팔을 잃고서 정신없이 물러섰다.

냉호는 팔을 자르고도 멈추지 않았다. 끝낼 때는 확실히 끝내야 했다.

차가운 눈빛을 겨울하늘의 별빛처럼 번뜩인 그는 홍중량을 그림자처럼 따라가며 도를 휘둘렀다.

천수 일대를 공포로 몰아넣었던 삼귀마수의 목이 반쯤 잘렸다.

"너도 죽어라!"

철교신이 노성을 내지르며 폭풍처럼 창을 휘둘렀다.

냉호보다 늦었다는 것에 기분이 상했다.

덕분에 무대강은 겸을 놓치고 앞가슴이 걸레처럼 갈가리 찢어졌다.

"크아악!"

처절한 비명과 함께 피를 뿜어낸 그는 뒤로 일 장이나 튕겨 나간 뒤 널브러졌다.

그 때 짧은 비명이 들렸다.

휙 고개를 돌린 철교신의 눈에서 불길이 일었다.

연소랑이 독사눈을 한 놈과 싸우다가 어깨에 칼을 맞아서 위급한 상태였다.

"이 개자식이 감히 누굴!"

몸을 날린 철교신이 창을 섬전처럼 내질러서 독사눈을 꿰어 버렸다.

하지만 연소랑을 노리는 것은 독사눈뿐만이 아니었다.

얼굴이 말대가리처럼 기다란 놈이 튀어나가며 연소랑을 향해 칼을 휘둘렀다.

쐐액!

쾌도를 익혔는지 칼날의 움직임이 보이지 않을 정도로 빨랐다.

'젠장!'

눈에 박힌 창을 빼고 돌아서서 상대할 시간이 없다.

튕기듯이 뒤로 물러나며 연소랑과 날아드는 도 사이로 뛰어든 철교신은 팔뚝으로 상대의 칼을 막았다.

퍽!

팔뚝에 끼고 있던 보호대가 갈라지며 칼날이 살을 파고들었다. 그런데도 철교신의 눈은 바로 앞의 연소랑만 쳐다보고 있었다.

"걱정 마, 소랑."

씨익! 연소랑을 향해 웃어 준 그는 빙글 몸을 돌리며 바위 같은 주먹을 휘둘렀다.

쾅!

말대가리는 길쭉한 머리가 반쯤 부서진 채 한쪽으로 날아갔다.

"이 멍청아! 그러다 팔 잘리면 어쩌려고 그래?"

연소랑이 떨리는 눈으로 철교신을 보며 소리쳤다.

철교신이 독사눈에 박힌 창을 그제야 잡아 빼며 다시 씩 웃었다.

"너만 다치지 않으면 돼."

"저 멍청이가……."

"내 뒤에 꼭 붙어 있어. 어떤 놈도 너를 못 건들게 할 테니까."

연소랑이 입술을 질끈 깨물고는 철교신의 등을 바라보았다.

다른 때보다도 훨씬 넓게 보였다. 피곤한 몸을 기대고 싶을 정도로.

쓴웃음을 지은 그녀는 철교신의 등에 대고 투덜거리듯 말했다.

"더 다치지 마, 멍청아. 나는 팔병신하고 사귀고 싶지 않으니까."

적과 마주하고 있던 철교신의 입이 쭉 찢어져 귀에 걸렸다.

"흐흐흐흐. 알았어, 소랑! 이놈들아! 너희들은 오늘 죽었다! 내 기분이 겁나게 좋거든!"

힘이 불끈 솟구친 철교랑은 섬전처럼 창을 뻗어서 적 두 명을 더 지옥으로 보냈다.

그 때 곽전유와 상천군 이십 명이 벽성장으로 날아들었다.

설마 적이 또 있을 줄은 생각지 못했던 냉호와 철교신이 휙 고개를 돌렸다.

"멈춰라!"

"저 새끼들은 뭐야?"

하지만 곽전유와 상천군은 곧장 내원을 향해 몸을 날렸다.

냉호가 먼저 신형을 날려서 뒤를 쫓았다.

철교신은 연소랑부터 바라보았다.

"소랑! 한쪽으로 가 있어!"

"내 걱정 말고 빨리 가 봐!"

철교신도 그제야 땅을 박차고 곽전유와 상천군을 쫓아갔다.

상천군 중 열 명이 허공에서 공중제비를 돌더니 전진을 멈추고 냉호와 철교신의 앞을 막았다.

나머지는 내원을 향해 빠르게 나아갔다.

삼대세력 무사 이십여 명이 앞을 막았지만 당랑거철이었다.

곽전유의 무위는 검왕 백리진과 차이가 거의 없었다. 오래전 백리진에게 손가락 하나가 잘린 후 절치부심해서 이제는 질 마음이 없는 그였다.

내원의 벽라전 앞에 내려선 그는 찰나도 망설이지 않고 전각문을 향해 몸을 날렸다.

번쩍!

검이 먼저 열십자로 번뜩이더니 전각문이 십여 조각으로 갈라졌다.

곽전유는 갈라진 전각문을 몸으로 부딪쳐서 날려 버리고 안으로 들어갔다.

찰나였다.

섬광 한 줄기가 곽전유를 향해 뻗어 나갔다.

"흥!"

냉랭히 코웃음 친 곽전유가 검을 휘둘렀다.

쩌정!

귀청을 울리는 검명!

순간적으로 곽전유의 이마에 주름이 파였다.

마주친 일검에는 강력한 위력이 실려 있었다. 그렇다고 해서 위협을 느낄 정도는 아니었다.

문제는 공격한 자의 기척을 찾을 수 없다는 것이었다.

그는 기감을 극대화하고 진기를 퍼트려서 상대의 기척을 찾았다.

순간, 빙글 몸을 돌린 그는 허공을 향해 검을 내질렀다.

떠더덩!

기척도 없이 다가오던 단무영의 공세가 곽전유의 검에 막혀서 불꽃이 튀었다.

단무영은 곽전유의 막강한 검력에 충격을 받고 이를 악물었다.

적이 다가오는 걸 느끼고 진아를 소이정에게 맡겨서 대피시켰다.

그리고 적을 자신이 직접 상대했다.

이전의 공력을 모두 되찾은 상태. 그런데도 밀리는 게 느껴졌다.

'한롱과 비롱이 올 때까지 버텨야 돼!'

단무영은 유환잠은술(幽幻潛隱術)을 최대한 활용해서 곽

전유의 판단을 흐리며 기회가 날 때마다 공격했다.

곽전유의 얼굴이 일그러졌다.

상대가 강하긴 하나 자신보다는 약했다.

그런데 기척을 잡아내기가 쉽지 않아서 상대하기가 만만치 않았다.

결국 그는 상대를 밖으로 끌어내기 위해서 밖으로 나갔다.

단무영도 그를 따라서 밖으로 나갔다. 그가 다른 짓을 못 하게 붙잡아 두어야 했다.

곽전유는 보다 강력하게 단무영을 공격했다.

단무영은 유령처럼 움직이며 곽전유의 공격을 피했다.

진아를 구하면서 입은 내상이 아직 완벽하게 낫지 않은 상태. 더구나 연속된 충격으로 움직임이 미세하나마 둔해져 있었다.

결국 두어 번의 격돌로 충격이 엄습하자, 안색이 해쓱해진 단무영이 모습을 드러내며 뒤로 튕겨 나갔다.

"어디 더 도망쳐 봐라!"

곽전유가 냉랭하게 소리치며 단무영을 향해 성큼 걸음을 내디뎠다.

그 때였다.

섬뜩한 느낌에 오싹한 기분이 든 곽전유가 멈칫했다.

순간!

콰광!

"크억!"

"으아악!"

기운이 폭발하는 굉음과 비명이 연이어 터져 나오며 상천군 둘이 날아갔다.

뒤이어 들리는 목소리.

"곽전유, 드디어 얼굴을 드러냈군!"

곽전유는 홱 고개를 돌려서 목소리가 들린 쪽을 바라보았다. 면산에서 봤던, 꿈속에서 열 번도 더 본 놈이 저만치 내려서고 있었다.

북천마제 북궁천이!

"하마터면 늦을 뻔했어."

북궁천은 서리가 내릴 것 같은 눈빛으로 곽전유를 노려보았다.

천금산을 북쪽으로 돌아가던 중 호양곽과 조우했다.

호양곽은 삼대세력 고수들과 상주로 향하던 중 상주를 얼마 남겨 놓지 않고 흑운대 대원을 만났다고 했다.

흑운대 대원은 천사교의 고수로 보이는 자들 백 수십 명이 은밀하게 금천장을 나와서 상주로 향하고 있다는 보고를 했다.

흑운대 대원 말에 의하면, 처음에만 해도 그들이 북쪽으로 돌아서 정파연합을 공격하려는 줄 알았다고 했다.

그런데 계속 상주로 가는 것이 수상해서 보고를 하기 위해 찾던 중이라고 했다.

북궁천의 예상 진로를 알고 있던 호양곽은 급히 방향을 돌렸다.

호양곽의 말을 듣고 불길한 느낌이 든 북궁천은 전력을 다해 상주로 달려왔다. 그리고 뜻하지 않게 곽전유를 만났다.

"또 네놈이구나!"

"다행히 아주 늦지는 않은 것 같군. 단숙은 저 떨거지들이나 처리해. 애들을 납치하는 게 취미인 저런 개새끼는 내가 맡을 테니까."

북궁천은 찬바람이 쌩쌩 부는 말투로 말하고는 곽전유를 향해 다가갔다.

곽전유는 자신에게 욕을 하는 북궁천을 죽일 듯이 노려보았다.

마제가 강하다는 것은 익히 알고 있었다.

그러나 자신 역시 검왕과 비견되는 검의 고수가 아닌가.

죽을 때 죽더라도 새파란 놈에게 욕먹는 것은 견딜 수 없는 치욕이었다.

"죽일 놈!"

노성을 내지른 그는 땅을 박차고 북궁천을 공격했다.

검첨에서 쭉 뻗어 나간 검강이 북궁천을 양단할 것처럼

머리 위에서 떨어졌다.

북궁천은 여전히 곽전유를 노려보며 묵혼을 휘둘렀다.

공손설을 납치하려다 실패한 놈이다. 그런데 이번에는 감히 진아를 납치하려고 하다니!

분노가 솟구친 그는 십성 공력을 끌어 올렸다.

"그딴 검으로!"

쾅!

곽전유의 몸이 철벽에 부딪친 것처럼 튕겨 나갔다.

북궁천은 그를 그림자처럼 따라가며 뇌정무적세를 펼쳤다.

"감히 나를 죽이겠다는 거냐!"

곽전유는 눈을 부릅뜨고 전 공력을 끌어 올려서 북궁천의 공격을 막았다.

콰과광!

"크으으윽."

신음이 절로 나왔다.

해쓱해진 안색, 악다문 이 사이로 언뜻 핏물이 보였다.

하지만 북궁천의 공격은 아직 끝난 것이 아니었다.

"애들이나 납치하는 개새끼는!"

쿵!

패왕일보를 내딛자 곽전유가 흡뜬 눈을 파르르 떨며 뒤로 주춤주춤 물러섰다.

순간, 북궁천이 묵혼을 뻗었다.

"죽어도 지옥에 처박힐 것이다!"

퍽!

곽전유의 이마에 한 치 크기의 구멍이 뻥 뚫렸다.

검왕에 필적한다는 웅전검호 곽전유가 제대로 된 반항 한 번 못 해 보고 죽었다.

천하의 누가 오늘의 일을 믿을 것인가!

북궁천을 뒤따라와 상천군을 때려잡은 장추람과 임표, 담운은 물론, 한 발 늦게 도착해서 마지막 광경만 본 냉호 와 철교신은 고개를 설레설레 저었다.

고개를 돌린 북궁천이 그들을 다그쳤다.

"거기서 뭐 해? 어서 다른 곳도 정리해!"

그러고는 장추람 등이 엉덩이에 불붙은 망아지처럼 달려 가자 단무영을 바라보았다.

"진아는 어디……?"

단무영에게 묻던 북궁천이 벽라전을 향해 고개를 돌렸다.

소이정이 진아를 안고 문이 부서진 벽라전 안에서 나오 고 있었다.

"그 안에 있었어?"

"여우는 굴을 아홉 개 파 놓는 법이지. 벽라전이 전 장주 의 침실이었으니 뭔가 비상시를 대비한 시설이 있을 거라 생각했는데, 아니나 다를까 밀실이 있지 뭐야? 근데 어떻게 된 애가 놀라지도 않지? 누구를 닮은 거야?"

그 말에 북궁천은 문득 헌원려려가 떠올랐다.

겁이 없는 것은 자신보다 그녀가 더했다.

오죽 간이 크면 마제 앞에서 두 눈 똑바로 뜨고 싶다는 말을 했을까?

*      *      *

석양이 서산머리 위까지 떨어진 시각.

금천장을 둘러싼 정파연합은 숨을 가다듬었다.

드디어 금천장이 코앞에 있다.

이제 마지막 결전만 남은 상태다. 여기서 물러선다는 것은 생각조차 할 수 없었다.

이기든 지든 결판을 내야 했다.

"놈들은 철저히 지형지물을 이용해서 공격할 겁니다. 모두 단독행동을 자제하고 사슬처럼 연결되어서 움직이며 적을 공격하도록 하십시오!"

유원당이 재삼재사 당부했다.

피를 말리는 긴장감에 표정이 딱딱하게 굳은 군웅들은 무기를 움켜쥐고 금천장을 노려보았다.

오늘 하루, 일천이 넘는 무사들의 주검을 징검다리 삼아서 이곳까지 왔다.

그들이 뿌린 피로 피어난 혈화를 헤치며 걸어왔다.

죽은 자들의 여망을 헛되이 할 수는 없는 일.

"죽더라도 안에서 죽을 각오로 싸웁시다!"

"사악한 천사교 놈들에게 사필귀정이 진리임을 알려 줍시다!"

"천사교를 물리쳐서 강호에 평화를!"

누가 먼저라 할 것 없이 한마디씩 하며 사기를 북돋웠다.

사기가 절정에 이를 무렵!

마침내 유원당이 공력을 실어서 소리쳤다.

"공격하라!"

와아아아아!

함성을 내지른 정파연합의 군웅들이 일제히 몸을 날려 금천장 안으로 진입했다.

그리고 그 직후, 섬서연합 무사들이 금천장의 북쪽 담장을 넘어서 내부로 들어섰다.


정파연합과 섬서연합이 금천장 안으로 진입했다는 연락은 즉시 북궁천에게 전해졌다.

북궁천은 벽성장 정리를 삼대세력 주인들에게 맡기고 금천장으로 달려갔다.

장추림과 적광, 임표, 담운이 동행했다.

냉호와 철교신은 연이은 격전으로 부상이 심해져서 이제 고집을 피우고 싶어도 피울 수가 없었다.

'이상하군. 호연도광이 무사들을 안으로 끌어들이다니.'

북궁천은 왠지 모르게 찝찝한 기분이 들었다.

호연도광은 배수의 진을 치고 결사항전의 각오로 싸울 자가 아니었다. 적을 자신의 앞마당으로 끌어들일 자는 더더욱 아니었다.

전멸을 하더라도 밖에서 싸우는 것을 택할 자가 그였다. 그래야 불리하다 싶으면 언제든 도주할 수 있으니까.

그게 북궁천이 본 호연도광인 것이다.

그런데 금천장 안으로 적을 끌어들이다니?

금천장 안에 특별한 함정이 있다면 그럴 수도 있다. 하지만 그가 들락거리며 살펴본 금천장은 그런 시설이 전혀 없었다.

기껏해야 지형지물을 이용해서 싸우겠다는 것일 터. 하지만 그 정도로는 설명이 미진했다.

잘해 봐야 양패구상. 결국 도주해야 할 상황이 될 텐데, 왜 위험을 자초한단 말인가?

'남들이 전혀 생각하지 못하는 뭔가가 있어.'

금천장에 도착한 북궁천은 일말의 망설임도 없이 안으로

뛰어들었다.

장추람과 적광, 임표, 담운이 뒤따라서 안으로 들어갔
다.

정파연합이 진입한 지 일각, 금천장 내부는 수많은 시신
에서 흘러나온 피로 시뻘겋게 물들어 있었다.

외곽 쪽의 격전이 내부로 번졌는지 안쪽에서 격렬하게
싸우는 소리가 들렸다.

"금화전으로 가자!"

북궁천은 지체하지 않고 금화전을 향해 신형을 날렸다.


한편, 영허진인은 금화전으로 가려면 거쳐야 하는 용승
전 앞마당에서 척발산과 격전을 벌였다.

밖에서 내지 못한 승부를 결정 내리려는 듯 전력을 다한
그들의 공세는 일대를 폐허로 만들다시피 했다.

격전이 너무 험악하다 보니 그들이 싸우는 곳 근처에는
육지광과 천사교의 장로만이 서로를 향해 필사의 공격을
퍼붓고 있었다.

그 때 그곳으로 들어선 목부청이 영허진인 곁으로 다가
갔다.

"진인, 일단 힘을 합쳐서 척발산부터 제거하고 보는 게
어떻겠습니까!"

영허진인은 합공을 한다는 게 마뜩지 않았다. 그러나 정

파연합의 군웅들이 죽어 가는 판에 언제까지고 척발산만 상대하고 있을 수도 없는 일.

"그렇게 하세. 하늘도 노도의 마음을 이해하겠지."

결정을 내린 영허진인이 앞으로 나아가며 척발산을 향해 검을 뻗었다.

찰나였다.

푹!

한 자루 검이 영허진인의 등을 파고들었다.

영허진인은 섬뜩한 느낌이 드는 순간 몸을 틀었지만, 강기가 서린 검을 완전히 피할 순 없었다.

"어, 어찌 네가……?"

그는 파르르 떨리는 눈으로 목부청을 바라보았다.

목부청은 그의 절친한 친구이자 지금은 이 세상 사람이 아닌 목사인의 아들이다. 하기에 그는 목부청을 친아들처럼 대했다.

그런데 그런 목부청의 검이 자신의 옆구리를 꿰뚫고 앞으로 빠져나와 있었다.

뚝뚝 핏물이 떨어질 때마다 하늘이 쩍쩍 금 가는 듯했다.

"어머니께 어머니와 당신 사이의 이야기를 들었어. 당신은 그 일 이후 죄를 빈다며 도사가 되었다지만, 나는 절대 당신을 용서할 수 없어. 그래서 호연도광의 청을 받아들였지."

목부청의 싸늘한 말에 영허진인은 하늘이 무너지는 충격을 받았다.

"워, 원시천존이시여……."

단 한 번의 실수. 그것도 오십 년 전의 실수가 이런 식으로 다가올 줄이야.

휘청거리던 그는 그 자리에 주저앉듯이 무너졌다. 목부청의 검에 서린 검강의 기운이 내부를 파괴해 버린 터라 절대고수인 그조차 견디지 못했다.

척발산은 그 광경에 순간적으로 말을 잊었다.

그를 향해 목부청이 말했다.

"나는 호교일령이오. 저자의 입을 막아야 하오. 어서 죽이시오, 척 형!"

그제야 정신이 든 척발산이 현천검 육지광을 향해 신형을 날렸다.

육지광은 전력을 다해서 상대를 물러서게 만들고는 뒤로 튕기듯이 몸을 날리며 소리쳤다.

"목부청! 네놈이……!"

그러나 척발산은 그가 여유를 부리기에는 너무나 강했다.

쩌저정!

겨우 척발산의 공격을 막았지만 육지광은 숨이 턱 막히

고 온몸의 힘이 빠졌다.

입을 열어 사실을 알려야 하는데 목소리가 나오지 않았다.

절망적인 상황에 처한 그는 혼신의 힘을 다해서 뒤로 물러났다.

바로 그 때!

"잠깐!"

천둥 같은 일갈과 함께 하늘에서 벼락이 떨어졌다.

육지광의 숨통을 끊기 위해 마지막 검을 펼치던 척발산은 황급히 검의 방향을 틀었다.

하늘에서 떨어지며 내리친 뇌정무적세는 가공할 위력이 더해져서 척발산조차 눈을 부릅떠야 했다.

콰아아앙!

고막을 터트릴 것 같은 굉음과 함께 척발산의 키가 한 자는 줄어들었다. 발이 석판을 한 자나 파고든 것이다.

현현마종 척발산은 무릎도 구부리지 않고 몸을 솟구쳐서 발을 빼냈다. 그리고 이 장가량 더 물러난 후에야 전면에 내려서는 북궁천을 내려다보았다.

발을 구덩이에서 빼내긴 했지만 그의 얼굴은 석양빛에서도 확연히 드러날 정도로 창백해져 있었다.

"네놈은 누구냐?"

얼마나 놀랐는지 척발산의 목소리가 가늘게 떨렸다.

"북궁천!"

"네놈이 북천마제?"

척발산이 해연히 놀란 표정을 지을 때, 목부청이 북궁천 곁으로 다가왔다.

"잘 오셨소, 궁주."

그 모습을 본 육지광이 시뻘게진 얼굴로 안간힘을 다해서 입을 열었다.

"그, 그를 조……."

순간이었다.

북궁천의 일 장 거리까지 접근한 목부청이 전력을 다해서 검을 뻗었다.

거리가 일 장밖에 되지 않는 상황이었다.

오군 중 목령검군의 전력을 다한 공격을 방심하고 있는 상황에서 받아 낼 사람이 얼마나 되랴.

그런데 검이 옆구리를 관통했다 싶은 순간, 북궁천의 신형이 두 개로 늘어나는 것처럼 보이는가 싶더니 묵광이 번쩍였다.

오히려 방심하고 있던 사람은 성공을 의심치 않고 있던 목부청이었다.

내심 득의의 웃음을 짓던 그는 섬뜩한 느낌이 들자 급히 뒤로 물러섰다.

그러나 그가 물러섰을 때는 이미 묵광이 그의 검을 든

팔을 스치고 지나간 후였다.

툭!

검을 든 손이 땅에 떨어지고, 팔뚝에서 피분수가 뿜어졌다.

"크어어억!"

뒤늦게 목부청이 비명을 내지르며 몸부림쳤다.

북궁천은 한광이 번뜩이는 눈으로 목부청을 직시했다.

"영허진인께서 저런 모습으로 쓰러져 있고, 육 대협이 너를 개만도 못한 놈 보듯이 쳐다보며 말할 때는 그만한 이유가 있었을 거라 생각했지."

그는 무심한 목소리로 말하며 이 장 거리의 목부청을 향해 검을 일자로 그었다.

"퀵!"

목이 반쯤 잘린 목부청은 외마디 비명을 토하며 그대로 꼬꾸라졌다.

그제야 겨우 숨을 돌린 육지광이 안간힘을 다해서 말했다.

"그가 영허진인을 암습했소. 그리고 저자가 현현마종 척발산이오."

북궁천의 무심한 눈이 척발산을 향했다.

그 순간, 척발산이 허공으로 몸을 띄우더니 용승전 앞마당을 벗어났다.

단 일검에 내상을 입고 마제의 위세를 경험한 그였다.

그는 이곳에서 죽고 싶은 마음이 없었다.

맙소사! 현현마종 척발산이 도주하다니!

육지광은 자신의 고통도 잊고 아연한 표정으로 척발산이 사라진 곳을 바라보았다.

'천하의 누가 내 말을 믿을까?'

그사이 북궁천은 영허진인의 곁으로 갔다.

"진인."

영허진인은 모든 것을 내려놓은 사람처럼 허탈한 표정으로 말했다.

"시주, 목부청을…… 너무 욕하지…… 말게. 그는 빈도를…… 죽일 자격이…… 있는 사람이네."

영허진인은 그 말만 남긴 채 가만히 눈을 감았다.

북궁천은 영허진인의 숨이 끊어졌다는 것을 알고 착잡한 표정을 지었다.

그 때 먼저 금화전을 살피러 갔던 장추람이 내려섰다.

"주군! 상황이 조금 묘합니다!"

"묘하다?"

"싸움이 막바지로 치달리고 있는데 호연도광은 코빼기도 보이지 않습니다."

금화전 앞의 싸움은 장추람의 말대로 막바지였다.

정파연합 고수들 십여 명이 천사교 무리 대여섯 명을 몰아붙이고 있었다.

전에 봤던 기련검마나 혈왕은 어떻게 되었는지 보이지 않았다.

북궁천은 한쪽에서 상처 난 팔에 천을 두르고 있는 백리진을 바라보았다.

"기련검마와 혈왕은 어떻게 됐습니까?"

"그자들은 안 되겠다 싶었는지 도주했네."

장추람이 한마디 덧붙였다.

"주군, 적광이 기련검마를 쫓아갔습니다."

북궁천이 다시 백리진에게 물었다.

"호연도광은 찾아봤습니까?"

백리진이 곤혹한 표정으로 대답했다.

"아무도 그를 본 사람이 없네. 하늘로 솟았는지 땅으로 꺼졌는지 고수 수십 명이 뒤져 봤지만 흔적도 보이지 않았네."

그 말을 들은 북궁천은 순간적으로 어떤 생각이 뇌리를 스쳤다.

'혹시 비밀통로로?'

금화전은 금천장에서 가장 중요한 건물이다. 그물처럼 뻗어 있는 비밀통로가 반드시 있을 만한 곳.

"추람, 임표, 담운! 따라와라!"

북궁천은 문이 활짝 열린 금화전으로 몸을 날렸다.

장추람 등이 뒤따라갔다.

"벽과 바닥을 쳐서 공간이 있는 곳을 찾아라."

북궁천이 명령을 내리고 사방을 향해 장력을 날렸다.

장추람과 임표, 담운은 그 명령의 의미를 깨닫고 금화전의 곳곳을 두들겨 댔다.

뒤따라 들어온 백리진과 몇 명의 정파연합 무사들도 합세했다.

열을 셀 즈음, 임표가 소리쳐서 북궁천을 불렀다.

"주군!"

북궁천은 즉시 임표가 있는 곳으로 가서 그가 가리키는 벽을 향해 장력을 날렸다.

쾅!

폭발음과 함께 벽이 무너졌다.

그리고 지하로 향하는 계단이 모습을 드러냈다.

북궁천은 기둥에 걸린 등잔에 삼매진화로 불을 붙이고 계단을 따라서 내려갔다.

하지만 밑에 도착하기도 전에 걸음을 멈췄다.

통로로 향하는 길이 막혀 있었다.

그는 망설이지 않고 밖으로 나왔다. 어느새 유원당과 임강령, 관호명, 공손후, 남궁원 등이 들어와서 백리진과 나란히 서 있었다.

북궁천은 금가린과 함께 비밀통로를 벗어나 본 경험이 있었다. 비밀통로는 외부가 아니라 장원 내부의 외곽과 연결되어 있었다.

"총군사, 즉시 사람들을 최대한 동원해서 장원 외곽을 감시해 주십시오. 아직 빠져나가지 못했다면 분명히 외곽의 건물 어디론가 나올 겁니다. 특히 구석진 건물, 크지 않고 사람들의 관심에서 멀어져 있는 건물을 철저히 주시하라 하십시오."

"알겠네."

유원당은 그의 말뜻을 알아듣고 다급히 사람들을 움직였다.

그사이 북궁천은 금화전을 빠져나와서 금가린과 함께 나왔던 사당으로 향했다.

비밀통로 중 비고와 연결된 곳이었다.

금가린이 말하길, 사당으로 나오는 길이 비고뿐만 아니라 다른 통로와도 연결되어 있다고 했다. 다른 사람은 통로를 여는 방법을 몰라서 비고로 들어가지 못하는 것뿐.

지금으로선 가장 확실한 곳이 사당인 만큼 그는 허탕 치는 셈 치고 그곳으로 향했다.


장추람 등과 함께 외곽의 낡은 사당에 도착한 북궁천은 주위를 둘러보았다.

워낙 외진 곳이어서 그토록 큰 싸움 와중에도 사당 근처에는 별다른 흔적이 없었다.

북궁천이 사당 근처를 살펴보는 동안 장추람 등은 좀 더 넓게 주위를 돌아다니며 수상한 흔적을 찾아보았다.

그렇게 일각이 지나도록 어디에서도 호연도광을 발견했다는 소리가 들리지 않았다.

'여기가 아닌가?'

아니면 이미 도망간 걸까?

시간상으로는 도주하기에 충분하고도 넘쳤다.

북궁천은 아쉬움을 접고 유원당이 있는 곳으로 가려 했다. 어스름이 짙어지고 있었다.

유원당과 상의해서 어떻게 할 것인지 결정하는 것이 나을 듯했다.

그런데 발밑에서 극히 미미한 진동이 느껴졌다.

누군가가 뛰어올랐다가 떨어져도 그 정도 진동은 느껴질 만큼 미세했다.

북궁천은 공력을 끌어 올려서 발밑의 진동에 정신을 집중했다.

한참이 지났지만 더 이상의 진동은 느껴지지 않았다.

'내가 잘못 안 모양이군.'

쓴웃음을 지은 그가 몸을 돌리며 사당을 바라보았다.

그 때 사당의 문이 열리고, 한 사람이 슬그머니 얼굴 반

쪽을 내밀었다.

순간, 북궁천과 그의 붉은 눈이 딱 마주쳤다.

북궁천은 그를 보고 씩 웃었다.

상대도 쓴웃음을 지으며 문을 열고 완전히 모습을 드러냈다.

호연도광이었다.

그는 곽전유가 실패했다는 보고를 받자마자 그 즉시 금천장에 대한 미련을 버리고 비밀통로로 들어갔다.

그런데 출구에서 북궁천을 만날 줄이야!

"허허허, 정말 끈질긴 인연이군."

"당신 목을 베기 전까지는 포기할 마음이 없거든."

"본좌의 목을 베는 게 쉽진 않을걸?"

호연도광은 여전히 웃고 있었다.

그런데 '걸?'이라는 말이 떨어진 직후 그의 눈동자가 점점 더 붉게 변했다.

눈동자가 핏빛으로 붉게 변색된 호연도광이 사당에서 나왔다.

북궁천과 가까이 있던 장추람이 커다란 검을 들고 앞으로 나섰다.

"주군, 저에게 맡겨 주십시오! 수하들의 죽음을 외면하고 도주하려는 자는 주군께서 상대할 가치가 없습니다."

"원하면 한번 해봐. 그런데 조심해야 할 거다. 한 수가 있는 자거든."

"걱정 마십시오!"

호기롭게 나선 장추람은 말을 마치자마자 호연도광을 향해 몸을 날리며 도를 내리쳤다.

"후후후후!"

호연도광이 입 끝이 귀밑에 걸리도록 웃으며 핏빛으로 변한 쌍장을 뻗었다.

기괴함이 느껴질 정도로 사이한 웃음.

북궁천은 호언노광이 전과 다름을 느끼고 급히 장추람에게 소리쳤다.

"조심해!"

장추람의 도세와 호연도광의 핏빛 장력이 뒤엉켰다.

쿠구구궁.

대기가 웅웅거리며 울리는가 싶더니, 장추람이 이 장이나 날아가서 비틀거리며 내려섰다.

"이런 개 같은 경우가……."

"물러서라, 추람."

"주군, 다시 한 번 해보겠습니다."

북궁천은 무심한 눈빛으로 호연도광을 바라보며 고개를 저었다.

"물러서. 그는 일전의 호연도광이 아니다. 아무래도 기괴한 마공을 익힌 것 같다. 네가 상대할 수 있는 상태가 아니야."

"후후후후, 과연 마제야. 정말 아까워. 네가 본좌를 도와주기만 했으면 오늘이 본좌의 인생에서 가장 즐거운 날이 될 수 있었을 텐데 말이야."

"사람들 죽어 가는 것이 그렇게 즐겁나?"

호연도광의 말이 짜증 나서 물어본 것에 불과했다.

그런데 호연도광이 고개를 끄덕이며 수긍하는 것이 아닌가?

"사람이 죽어 가는 것보다도 그 과정을 구경하는 게 몇 배나 더 즐겁지. 정파 놈들을 피구덩이에 파묻고 천하를 희롱하는 쾌감이 어떤 것인지 너는 모를 거다."

북궁천은 어이가 없었다.

"정말 제대로 미친놈이군!"

"후후후후, 정상적인 정신으로 세상을 살아가는 놈이 몇이나 된단 말이냐? 백 년도 못 살면서 아옹다옹하는 꼴이 얼마나 우스운 줄 아느냐? 본좌는 그 세월 동안 세상을 농락하며 살 작정이었다. 그 와중에 몇 만이 죽은들 어차피 죽을 놈들이 죽는 것뿐인데 본좌가 왜 걱정한단 말이냐?"

북궁천은 그제야 호연도광이 진심으로 원한 것이 무엇인지 깨달았다.

그는 천하를 제패할 욕심이 있어서 전쟁을 벌인 것이 아니었다. 그저 정과 마가 싸우는 것을 구경하며 즐기려는 것뿐.

"세상에 너 같은 놈이 있다니……."

"크하하하하! 세상의 누가 본좌를 판단한단 말이냐! 본좌가 곧 하늘이거늘!"

"에라이, 미친놈!"

북궁천은 노성을 내지르며 신형을 날렸다.

구성의 북천명왕공이 실린 묵혼이 어둠의 하늘을 향해 뻗었다.

오 장 허공으로 솟구친 그는 호연도광을 향해 떨어지면서 묵혼을 내리쳤다.

쭉 뻗었던 묵빛 검강이 벼락이 되어서 호연도광의 머리 위로 떨어졌다.

호연도광은 핏빛으로 변한 눈을 들어서 북궁천을 보며 쌍장을 쳐들었다.

호연도광의 전신에서 혈운이 뭉클거리며 피어났다.

"인간의 몸으로 혈천마황기를 감당할 자 천하에 없으리라!"

"개소리 마라, 호연도광!"

콰아앙!

굉렬한 폭발음과 함께 일대 삼 장의 대지가 폭발하듯이 솟구쳤다.

삼 장을 날아가 내려선 북궁천은 땅을 박차고 호연도광

을 향해 날아갔다.

호연도광은 땅에 한 자가량 박힌 발을 빼내며 쌍장을 휘둘렀다.

여전히 웃음 띤 표정, 좀 전과 조금도 달라진 점이 없었다.

그는 이미 이지가 마기에 지배당한 상태였다.

찰나, 묵혼의 검첨에서 무형의 기운이 공간을 잡아당기듯이 좁히며 쏘아졌다.

북천명왕공이 실린 통천일검공이었다.

떵!

단발의 기음이 울리며 호연도광의 몸이 주르륵 밀려났다.

북궁천은 그런 호연도광을 보며 이를 악물었다.

호연도광의 어깨에 구멍이 뚫린 것이 보였다. 하지만 그뿐, 호연도광은 여전히 웃는 얼굴로 두 손을 들어 올리고 있었다.

통천일검공을 맞받아서 방향을 틀 수 있는 장공이 존재할 줄이야!

경악한 북궁천은 묵혼을 하늘 높이 쳐들었다.

진아를 구할 때 자신도 모르게 검을 던지며 마음을 담았었다.

문득 통천일검공에 마음을 담아 보면 어떨까 하는 생각

이 스쳤다. 천조혈심기를 응용해서 지법을 펼칠 때도 자신의 마음대로 조절할 수 있었다.

검이라 해서 못 할 것도 없었다.

북천명왕공을 극성까지 끌어 올린 그는 호연도광을 바라보며 검을 던지듯 밀었다.

고오오오오오!

묵혼이 빠르지도 느리지도 않은 속도로 날아갔다.

호연도광의 얼굴에서 웃음이 사라졌다.

악귀처럼 이를 드러내고 눈을 부릅뜨며 인상을 쓴 그는 미친 듯이 쌍장을 내질렀다.

"어림없다, 이놈!"

핏빛 장력이 겹겹이 쌓이면서 묵혼의 진로를 막았다.

그러나 묵혼은 속도만 조금 느려졌을 뿐, 느린 속도나마 쉬지 않고 호연도광을 향해 날아갔다.

호연도광의 핏빛 눈동자가 흔들렸다. 절망에 찬 기괴한 목소리가 그의 목울대에서 울려나왔다.

"아, 아니야! 이럴 수는 없어! 혈천마황의 기운은 천하의 누구도 막지 못해!"

찰나!

북궁천이 묵혼과 이어진 기운에 혼마저 불어넣었다.

"가라, 검이여! 이것은 나의 의지니라!"

웅웅웅웅!

콰과과과과!

묵혼이 발악하는 혈천마황기를 뚫고 호연도광을 향해 날아갔다.

"아, 안 되애애애애!"

퍽!

묵혼은 호연도광의 심장을 꿰뚫고 삼 장을 더 날아갔다. 그런데 땅으로 떨어지지 않고 검 자체가 살아 있는 것처럼 부드럽게 방향을 틀어서 북궁천의 손으로 돌아오는 것이 아닌가?

전설에서나 듣던 완벽한 이기어검!

망연자실한 호연도광의 눈빛이 폭풍 앞의 돛처럼 흔들렸다.

북궁천은 묵혼은 받아 쥐고 냉소를 지으며 호연도광을 노려보았다.

"지옥에 가거든 네가 얼마나 미친놈이었는지 되돌아봐라, 호연도광."

"크르르륵, 크륵. 아직…… 끝나지…….."

호연도광은 가래 끓는 목소리로 흘리며 입을 달싹거리더니 뒤로 천천히 넘어갔다.

第十章

가자, 진아야!

　정파인들 중 북궁천과 호연도광의 싸움에 대해서 제대로
아는 사람은 거의 없었다.

　하지만 알려진 것만으로도 북궁천을 마제라 하며 배척하
려는 사람은 더 이상 없었다.

　영허진인을 암습한 목부청을 죽이고 현현마종 척발산을
도망치게 만든 사람. 호연도광을 죽인 사람.

　그게 북궁천인 것이다.

　많은 사람들이 북천마제 대신 북천무제라는 호칭을 조심
스럽게 말했다.

　그리고 유원당과 임강령은 북궁천에게 북궁 대협이라 칭

했다. 슬며시 웃으면서.

북궁천은 안면 있는 사람들과 간단히 인사만 나누고 벽성장으로 돌아갔다.

적광이 돌아온 것은 그날 자시 무렵이었다.

곳곳에 상처를 입은 그는 기련검마와의 승부가 어떻게 됐냐는 사람들의 질문에 눈빛을 싸늘하게 빛내며 대답했다.

"솔직히 그는 주군 말씀대로 나보다 강했다. 하지만 싸움을 대하는 마음에서 나를 따라오지 못했어. 그 바람에 삼백초를 겨루고도 승부를 내지 못했다. 대신 일 년 후에 다시 만나기로 했지. 그때는 반드시 그를 이길 거다."

이튿날.

북궁천은 남들이 뭐라 하든 떠날 준비를 하느라 분주했다.

삼대세력이 정파연합을 도와 천사교를 물리쳤다는 소문이 돌면서 그동안 지지부진하던 그들의 재산 매각이 빠르게 진행되었다.

가격도 싸게 내놓은 터라 이제는 서로 사려고 난리였다.

그 바람에 하루도 안 돼 모든 일이 마무리되었다.

삼대세력 무사들 중 북궁천을 따라 북천궁으로 가겠다는 사람은 절반 정도인 오백 명이었다.

남는 사람에게도 충분한 은자를 나누어 주어서 불만을
표하는 자는 아무도 없었다.
　　정파연합은 금천장을 본래 주인인 금가린에게 돌려주기
로 했는데, 북궁천은 그의 곁에 이조량을 계속 붙여 두기
로 했다. 그리고 남기로 한 삼대세력 고수들 중 괜찮은 자
몇 명으로 하여금 금가린을 돕게 했다.
　　북천궁까지 따라가는 것에 대해 마음이 반반이었던 이조
량은 순순히 북궁천의 뜻을 따랐다.


　　천사교가 무너진 지 이틀째.
　　북궁천은 아침이 되자 떠날 준비를 서둘렀다.
　　주요 인사들이 모두 벽성장에 모였다.
　　북궁천은 환한 표정으로 진아를 들어 올렸다.
　　"이제 집으로 가자, 진아야!"
　　그러자 진아가 말했다.
　　"아부으으 북구처어언. 어마아아 허원여여. 너느 북구지
이이. 지으로 가?"
　　"푸하하하! 그래, 맞다! 자, 가자, 진아야! 네 엄마가 기
다리겠다!"


　　　　　　*　　　　*　　　　*

햇살이 워낙 뜨거워서 머리 위로 김이 모락모락 나는 어는 여름 날 정오 무렵.

철군성 정문위사장인 교철은 먼지를 일으키며 몰려오는 자들을 보고 눈을 부릅떴다.

"저, 저게 뭐냐?"

"그, 글쎄요? 웬 놈들이 겁도 없이 몰려오는 거죠?"

"보통 기세가 아닌데요?"

"걷는 태도나 기문병기 든 놈이 많은 걸 보니 마도 놈들이 분명합니다, 위사장님!"

수하들이 안절부절못하며 한마디씩 했다.

대충 눈으로 세어 봐도 사오백은 될 것 같다.

정파라면 절대 저런 식으로 다가오지 않는다. 감히 누가 철군성을 앞에 두고 저따위 팔자걸음을 걷는단 말인가?

교철은 다급히 수하를 향해 소리쳤다.

"빨리 가서 알려라! 마도 놈들이 쳐들어온다고 해!"

"어디 놈들이라고 하죠?"

"나도 몰라! 그냥 마도 놈들이 온다고 해! 어서! 너는 빨리 고루(鼓樓)로 가서 적의 공격을 알리고!"


둥둥둥둥둥!

북이 빠르게 울렸다.

철군성이 시끌벅적해지며 무사들이 여기저기서 쏟아져

나왔다.

"무슨 일이지?"

"적의 공격을 알리는 북소리입니다, 당주!"

"어떤 놈들이 감히 본 성을 공격한단 말이냐? 모두 무기를 들고 집합!"

공손설도 북소리를 듣고 놀라서 급히 시비를 보내 사정을 알아보았다.

곧 시비가 돌아와서 보고했다.

"아가씨! 마도 놈들이 쳐들어온대요!"

"뭐? 어디 문파에서?"

"그건 모르겠어요. 천 명도 넘나 봐요!"

공손설은 급히 헌원려려의 방으로 뛰어갔다.

그러잖아도 요즘 헌원려려의 몸이 좋지 않아서 고민이 이만저만 아니었다.

요즘은 항상 누워서 지냈고, 일어나 앉아 있는 시간이 채 반나절도 되지 않았다.

원 의원님도 표정이 침중한 걸 보니 상황이 좋지 않은 듯했다.

그런데 적까지 쳐들어오다니!

철군성의 무력을 믿긴 하지만, 오빠와 삼백이 넘는 정예가 빠진 터였다. 마냥 안심하고 있을 수만은 없었다.

"언니!"

헌원려려는 누운 채로 공손설을 맞이했다.

"왜 그리 허둥대?"

"적이 쳐들어온대요."

헌원려려도 처음에는 놀랐지만 곧 담담한 표정으로 말했다.

"산서에서 철군성을 어떻게 할 적이 있긴 있어?"

"그야…… 듣고 보니 그러긴 그러네요. 그래도 워낙 많은 무사들이 빠져나가서 간덩이 부은 작자들은 욕심을 낼지도 모르잖아요."

"너무 걱정 마. 성주님께서 잘 처리하실 거야."

헌원려려는 나직이 말하며 힘없이 눈을 감았다. 눈꺼풀이 잘게 떨리고 악다문 턱에 힘이 들어갔다.

공손설이 깜짝 놀라서 급히 그녀에게 바짝 붙어 앉았다.

"또 아파요? 언니!"

"나, 나는 괘, 괜찮아. 설아는 무슨 일인지 알아봐……."

"알았어요. 언니는 쉬세요. 제가 의원님에게 말씀 전하라 하고 밖에 나가서 무슨 일인지 자세히 알아볼게요."


철군성 무사들은 우르르 정문으로 나가서 일렬로 늘어섰다. 빠르게 늘어난 숫자가 순식간에 사백 명을 넘어섰다.

이제 적과 비슷한 숫자.

자신에 찬 무사들은 눈에 힘을 주고 다가오는 자들을 노려보았다.

　위사의 보고대로 마도에 몸을 담고 있는 자들이 분명했다.

　험악한 인상, 건들거리는 걸음걸이, 절도라고는 찾아볼 수도 없는 움직임이었다. 그런데 어느 문파의 놈들인지 알 수가 없었다.

　다가오는 자들이 가까워질수록 긴장감이 흘렀다. 거리가 어느새 이십 장밖에 남지 않았다.

　무사들 중 다수가 슬며시 무기를 잡았다.

　그 때 안쪽에서 차가운 목소리가 들렸다.

　"비켜라! 성주님께서 나오셨다!"

　가운데가 좌악 갈라지더니 십여 명이 앞으로 나섰다. 공손무극을 비롯해서 철군성의 장로와 삼전 삼단의 고위간부들이었다.

　뒷짐을 진 채 위맹한 모습으로 나서던 공손무극이 어느 순간 멈칫했다.

　"응?"

　그 때였다. 몰려오던 무리 중, 가운데에 서서 걸어오던 자가 의아한 표정으로 말했다.

　"나이 드신 분이 뭐하러 여기까지 마중 나오신 겁니까?"

　공손무극은 어이가 없어서 풀썩 헛웃음을 지었다.

"허, 허. 북천의 주인이 왔는데 마중 나오는 게 무슨 흉이겠는가?"

그랬다. 몰려온 자들은 북궁천이 이끄는 사람들이었다.

북궁천은 늘어선 철군성 무사들을 둘러보고는 고개를 갸웃거렸다.

"설마 저희와 싸우려고 나오신 건 아니겠죠?"

"그럴 리가 있나?"

공손무극은 무슨 소리냐는 듯 눈을 크게 뜨고 고개를 저었다. 그러고는 다른 말이 나오기 전에 몸을 반쯤 돌리며 북궁천을 재촉했다.

"자, 자. 여기서 이럴 게 아니라 안으로 들어가세!"


운화원 입구에 서 있다가 북궁천을 맞이한 공손설은 사정을 알고는 허탈한 표정을 지었다.

평소라면 배꼽을 잡고 웃었을 일인데 헌원려려 때문에 웃을 수가 없었다.

"오빠가 오셨던 거였어요?"

"그래. 사실 이 기회에 철군성을 어떻게 해 볼까 했는데, 때맞춰서 성주가 나오셨지 뭐냐. 근데 려려는 괜찮지?"

공손설의 표정이 흔들렸다.

비록 찰나간의 변화였지만 헌원려려에게 모든 신경을 쏟

고 있던 북궁천은 그 순간을 놓치지 않았다.

"무슨 일이라도 있는 거냐?"

"그게요……."

"어디 아파?"

"조금요."

북궁천이 공손설을 향해 눈을 부라렸다.

"너, 내가 려려 잘 돌보라고 했지?"

"그게 아니라, 전부터 아팠나 봐요."

"뭐?"

"원 의원님 말씀으로는 일 년도 넘었대요."

"어, 어디가 아픈데?"

"일단 들어가서 말해요. 더 자세한 것은 의원님이 설명해 주실 거예요."

그 때 북궁천 뒤에서 웅얼거리는 소리가 들렸다. 단무영의 가슴에 안겨 있던 진아가 내는 소리였다.

공손설은 그제야 고개를 옆으로 돌려서 북궁천의 뒤를 바라보았다.

아기가 보였다.

공손설의 눈이 휘둥그레졌다. 너무나 예뻐서 눈을 깜박일 수도 없었다.

"저 아이가 진아예요?"

"그래. 단숙, 진아를 이리 줘."

"제가 받을게요."

공손설이 후다닥 나서서 진아를 받았다.

진아는 공손설을 빤히 바라보고는 해맑게 웃었다.

"아아아…… 정말 예쁘다. 네가 진아니?"

"너으으 북구지이이."

공손설의 큰 눈이 동그래졌다.

"어마?"

적 대신 북궁천이 나타난 걸 보고도 웃지 못했던 그녀의 얼굴에 웃음꽃이 피었다.

북궁천은 애가 탔다. 공손설과 아기가 노는 걸 보고만 있기에는 속이 타서 기다릴 수가 없었다.

"뭐 해? 려려가 아프다며? 빨리 안으로 들어가자."

"예, 오빠."


이정한과 동호량, 초강은 운화원 안으로 들어오는 북궁천을 보고 반가움보다 미안함에 고개를 푹 숙였다.

"대형, 죄송합니다!"

"저희들이 변변치 못해서 그만……."

그게 왜 그들 잘못이랴.

"너희 잘못 없다. 그렇게 따지면 다 늦게 돌아온 내 잘못이지."

북궁천은 그들의 어깨를 툭툭 두드려 주고 헌원려려의

방으로 향했다.

헌원려려는 겨우 눈을 뜨고는 아기를 안고 들어오는 공손설을 바라보았다.

"언니, 오빠가 진아를 데려왔어요. 정말 예뻐요. 어쩜 이렇게 예쁠 수가 있어요? 꼭 천상에 사는 금동 같아요."

공손설은 헌원려려 앞에 서서 쉴 새 없이 종알거렸다.

그러다 헌원려려가 손을 내밀자 아쉬운 표정으로 진아를 내밀었다.

"그만 떠들고 비켜 봐, 인마."

북궁천이 나직하게 다그치자 공손설은 그제야 옆으로 물러섰다.

"고마워요."

헌원려려가 눈을 들어서 북궁천을 응시했다. 눈에 눈물이 한 바가지는 고여 있었다.

북궁천은 그녀의 얼굴에서 한참 동안 눈을 떼지 못했다.

병에 걸려도 큰 병에 걸린 듯 안색이 창백하다 못해 백짓장처럼 하얬다. 자세한 내용은 의원에게 들으라더니 보통 병이 아닌 것 같다.

그래도 그는 최대한 내색하지 않고 물었다.

"아프다면서? 혹시 이 꼬맹이가 소홀히 해서 아픈 거 아냐?"

"아니에요. 얼마나 잘해 줬는데요."

"근데 왜 아파?"

"전부터 조금 안 좋았어요."

"그런데 왜 말 안 했어?"

"저만 아프면 됐지, 다른 사람까지 마음고생할 필요는 없잖아요."

"바보같이……."

그 때였다. 헌원려려가 다시 눈을 감고 이를 악물었다.

"으으으음……."

나직이 흘러나오는 신음. 백짓장 같은 얼굴이 가늘게 떨린다.

대경한 북궁천이 급히 그녀에게 달라붙었다.

"려려!"

급히 헌원려려의 맥문을 쥔 그는 급히 그녀에게 진기를 불어 넣으면서, 동시에 천조혈심기로 그녀의 상태를 알아보았다.

그 때 마침 원부선이 들어왔다.

공손설이 그에게 뛰어가서 헌원려려의 상태를 알렸다.

"의원님, 언니가 오늘따라 유난히 더 아파요."

원부선은 북궁천 뒤에 서서 움직이지 못했다.

그가 비록 의원이라 해도 무공에 아주 문외한은 아니었다.

그는 북궁천에게서 흘러나오는 기운에 압도되어서 숨도

제대로 쉴 수가 없었다.

'허어, 성주님보다 내공이 더 강한 것 같구나. 바로 이 젊은이가 북천마제 북궁천이라는 사람인가 보군.'

잠시 후. 헌원려려의 몸에서 손을 뗀 북궁천이 고개를 돌려 원부선을 바라보았다.

"려려의 상태를 솔직히 말해 주시오."

그가 천조혈심기로 알아본 헌원려려의 몸은 기맥이 여러 곳 막혀 있었다.

기맥이 그렇게 막히고도 아직까지 살아 있다는 게 의아할 정도였다.

원부선은 잘게 떨리는 북궁천의 눈을 보고 사실대로 말했다.

"원래 선천적으로 음맥이 조금 약했던 것 같소. 혼인을 안 하고 살았다든가, 아니면 치료를 한 후에 혼인을 했다면 몸에 그다지 큰 영향을 미치지 않았을 거요. 그런데 아무런 조치도 안 하고 아기까지 낳는 바람에 그 증세가 급격히 심해졌고, 그로 인해서 다른 곳까지 안 좋아졌소."

갑작스런 관계. 그 바람에 생긴 아기.

결국 자신 때문인가?

"치료할 수 있겠습니까?"

원부선이 착잡한 표정으로 대답했다.

"나름대로 의술에 자신이 있다고 생각했거늘, 내 능력으로는 불가능하오."

"백의곡의 황 신의라면 가능하겠지요?"

제발 그래야 했다.

그런데 원부선은 잠시 고민하더니 느릿하게 고개를 저었다.

"그분을 과소평가해서 그런 것이 아니라, 지금 상태에선 그분이라도 해도 손을 댈 수 없소. 다만……."

원부선이 답을 머뭇거렸다.

북궁천이 그를 다그쳤다.

"말씀해 주십시오. 뭐든 방법이 있을 것 아닙니까?"

머뭇거리던 원부선이 결국 한 가지 가능성을 말해 주었다.

"후우우, 이 여인에게 약을 지어 준 자라면 치료할 가능성이 조금이라도 있을지 모르겠소. 내 여태까지 수많은 약을 대해 봤지만 그렇게 조제된 약은 처음 보았소. 상극의 독을 중화시켜서 약효를 극대화하다니. 아마 독의 분량이 조금만 한쪽으로 치우쳤어도 그건 약이 아니라 극독이 되었을 거요."

'방곡추!'

북궁천은 원부선이 말하는 의원이 방곡추라는 걸 알고 더 이상 망설이지 않았다.

"추람! 즉시 가마를 하나 준비해라! 최대한 편한 가마여야 한다!"

"예, 주군!"

"제가 가서 찾아볼게요."

공손설이 날듯이 뛰어나갔다.

*    *    *

북궁천은 단무영과 양무겸을 앞장세우고 면산의 침매곡
을 향해 달렸다.

헌원려려와 진아를 실은 가마는 북궁천과 장추림이 직접
멨다.

나머지 사람들은 뒤따라오게 놔두고 그들 먼저 전력을
다해서 날듯이 달렸다.

천 리를 쉬지 않고 달린 그들은 이튿날 해가 지기 전에
침매곡에 도착했다.

방곡추는 갑자기 몰려온 사람들을 보고 짜증 난 표정을
지었다.

"대체 이게 무슨 짓인가?"

"방 의원. 려려를 살려 주시오!"

북궁천은 다짜고짜 방곡추에게 매달렸다.

방곡추는 이미 헌원려려의 병을 알고 있었다. 무슨 일로
온 것인지도 알았다. 그래서 더 마음이 착잡했다.

"내가 무슨 대라신선이라도 되는 줄 아나?"

"전에는 대라신선도 못 했던 일을 했잖소?"

"그거야 운이 좋았지. 자네에게 천조혈심기를 운용할 수 있는 재주가 없었다면 실패했을 테니까."

"이번에도 내가 돕겠소. 내 내공을 모조리 쏟아 내는 한이 있더라도 려려를 살려야 하오."

진아의 병을 고치는 것은 덤이고.

하지만 방곡추는 여전히 부정적이었다.

"자네 여인의 병은 누구도 고칠 수 없다."

"살아만 있다면 방법인들 왜 없겠소? 제발 부탁하겠소, 방 의원! 내 내공으로 안 되면 피라도 모두 뽑겠소! 영약이 고여 있는 피니 효과가 있을지 모르잖소?"

"아들의 절맥증은 그 정도로 해결할 수 있다지만, 여인의 병은 그것만으로 해결할 수 있는 문제가 아니⋯⋯."

방곡추가 말을 하다 말고 멈칫했다.

북궁천이 순간적인 틈을 파고들었다.

"그럼 뭐가 더 필요하단 말이오? 필요한 것은 뭐든 말해 보시오."

방곡추는 바로 대답을 하지 않고 골똘히 생각에 잠겼다.

조금 전과 다른 태도.

북궁천은 입이 쩍쩍 말랐다. 일각이 여삼추가 아니라 삼십 년은 되는 듯했다.

그 때 방곡추가 눈살을 찌푸린 채 북궁천을 바라보았다.

"육가가 필요해."

"그자는 왜? 혹시 그자가 가진 영약이 필요한 거요?"

"천음지기를 지닌 빙령설조가 낳은 알을 구할 수만 있다면 완치는 아니어도 죽음은 막을 수 있을 거야. 그런데 그러한 영물의 알을 구하려면 육가가 있어야 해. 그가 있다 해도 구할 가능성은 희박하지만."

빙령설조는 십 년에 하나씩 알을 낳는다. 빙령설조를 찾기도 어렵지만 알을 낳을 때를 맞추기는 더 어렵다.

그러나 방곡추는 차마 그 말까지는 할 수가 없었다.

"알겠소. 당장 육대기를 찾아보겠소."

가능성이 만에 하나만 되어도 해 봐야 한다.

북궁천은 그것만으로도 희망을 품었다.

그런데 문제는 그것이 끝이 아니었다.

"빙령설조의 알을 열흘 안에 찾아야 돼."

"열흘?"

너무나 짧다. 열흘이라면 육대기를 찾는 것조차 힘들지 모른다. 하물며 세상 어디에 있는지도 모를 빙령설조의 알을 열흘 안에 찾으라니.

북궁천도 그 일이 얼마나 가망 없는 일인지 모르자 않았다.

하지만 그는 미리부터 포기하지 않았다.

"알았소. 열흘 안에 찾아내겠소."

열흘 동안 최선을 다해 보는 거다.

하늘도 무심치 않다면 뭔가 방법이 있겠지!

그런데…… 하늘은 무심치 않았다.

"방 형!"

저 아래쪽에서 귀에 익은 목소리가 들렸다.

곧 괴상하게 생긴 봉을 든 육대기가 절룩거리며 올라오는 게 보였다.

어디서 싸우다 다쳤는지 옷이 엉망이고 얼굴에도 몇 군데 멍이 들어 있었다.

그래도 표정은 무척이나 밝았다.

그런데 방곡추의 통나무집 앞에 사람이 많은 걸 본 그는 주춤거리며 걸음을 멈췄다. 그리고 슬그머니 몸을 돌렸다.

순간, 북궁천이 독수리처럼 날아갔다.

"거기 서!"

장추람과 단무영, 양무겸도 몸을 날렸다.

육대기는 죽어라 도망쳤다.

쫓아오는 기세가 워낙 등등해서 도망치지 않을 수 없었다.

'씨발, 저 자식이 왜 저러지?'

하지만 극한으로 승천무풍행을 펼친 북궁천에게서 벗어난다는 건 처음부터 불가능했다.

휘이익!

북궁천은 날아서 육대기의 앞을 가로막았다.

급히 걸음을 멈춘 육대기는 어색하게 웃으며 변명했다.

"하, 하. 난 또 누구시라고. 나는 방 형이 바쁜 것 같아
서 돌아가려고 했을 뿐이오. 궁주이신 줄 알았으면 인사라
도 하고 갔을 텐데."

그사이 장추람과 단무영, 양무겸이 그의 뒤에 내려섰다.

단무영이 의아한 표정을 지으며 물었다.

"자네, 왜 그렇게 도망간 건가?"

"어? 단 형과 양 형도 계셨수?"

"솔직히 말해 보게. 왜 도망친 거지?"

이유야 있었다.

북궁천과 가마.

그냥 놀러 오지는 않았을 터. 여차하면 또 뭔가를 털릴
지 몰랐다.

그래서 도망치려고 했는데 모양만 어색해졌다.

"도망치긴 누가 도망치려고 했다고 그러슈? 정말로 방
형에게 바쁜 일이 생긴 것 같아서 나중에 다시 오려고 했다
니까? 갑시다. 방 형에게 인사나 드리고 가야겠소."

"몸은 왜 그 모양인가?"

"그럴 일이 좀 있었수."

육대기는 남들이 더 캐묻기 전에 방곡추의 통나무집까지

제 발로 걸어갔다.


"방 형, 잠깐 이야기 좀 합시다."

육대기가 주위 눈치를 보며 방곡추에게 말했다.

방곡추가 가볍게 고개를 끄덕이고 통나무집 안으로 들어갔다. 그도 할 말이 있었다.

육대기는 행여나 누가 붙잡을세라 바짝 붙어서 따라갔다.

통나무집 안으로 들어간 방곡추가 몸을 돌리고 물었다.

"무슨 일인가?"

"저기…… 사실은 내가 희한한 걸 하나 얻었수. 그래서 방 형께 물어보려고 온 거요."

"뭔데?"

육대기는 힐끔 뒤를 돌아다보고는, 아무도 안으로 들어오지 않는 걸 확인한 후 품속에서 작은 함을 꺼냈다.

"이걸 얻으려다가 한바탕 싸움이 벌어졌지 뭐요. 새 새끼가 어찌나 사나운지 하마터면 죽을 뻔했수."

방곡추는 함을 받아 들고 뚜껑을 열었다. 부드러운 털로 곱게 싸인 물체가 하나 보였다.

육대기가 나직한 목소리로 보충설명을 했다.

"저번에 화혈조의 알을 못 알아봐서 손해가 이만저만 아니었잖수? 그래서 이번에는 확실히 알고 제값을 받을 생각이오. 뭔지 알겠수?"

부드러운 털을 젖히던 방곡추의 눈빛이 순간적으로 반짝였다.

"이거, 어디서 얻었지?"

"절벽 꼭대기에 있는 동굴에서요. 세상에, 그곳은 아직까지 얼음이 녹지 않았더라고요. 이상한 기분이 들어서 안으로 들어가 봤는데 글쎄, 백설처럼 하얀 새가 알을 낳고 있지…… 어? 방 형, 그걸 어디로 가지고 가는 거요?"

방곡추는 들은 척도 하지 않고 북궁천 앞에까지 다가갔다.

육대기는 차마 그 앞까지는 따라가지 못하고 멈칫거렸다.

그 때 방곡추가 말했다.

"대충 준비는 된 것 같군."

이번에는 북궁천이 의아한 표정을 지었다.

"무슨 말씀이신지……?"

방곡추가 함을 앞으로 내밀었다.

"하늘이 육대기를 미리 보낸 모양이네. 이제 자네 피만 좀 뽑으면 되겠어. 화혈조의 알이 녹은 지 얼마 되지 않으니 아직 약효가 남아 있을 거야."

북궁천은 그제야 방곡추의 말뜻을 알아듣고 얼굴이 벌게졌다.

스윽, 고개를 돌려서 육대기를 본 그가 기꺼운 마음으로 말했다.

"뽑을 때 한 대접 더 뽑으쇼. 저 양반이 내 피를 좋아하던데."

*    *    *

방곡추가 치료를 시작한 지 사흘이 지났다.

북궁천은 한시도 쉬지 않고 자신의 진기로 방곡추를 도왔다.

방곡추는 헌원려려와 진아의 몸을 동시에 치료했다.

사흘째 되던 날 진아의 치료가 먼저 끝났다.

물론 완치된 것은 아니었다. 앞으로도 지속적으로 치료해야 하지만, 이제는 약만 먹여도 일 년이면 완치될 거라 했다.

예상했던 것보다 빠른 결과였는데, 그 역시 북궁천의 피와 빙령설조의 알 덕분이었다.

빙령설조의 알을 졸지에 빼앗긴 육대기는 방곡추가 준 영약 하나와 북궁천의 피를 섞어서 단약을 만들며 아쉬움을 풀었다.

'씨발, 백 개를 만들어서 한 개에 백 냥씩 팔아야지. 그럼 빙령설조인가 뭔가 하는 새알값은 나오겠지.'

닷새째. 헌원려려의 완전히 막혔던 음맥이 서서히 뚫리기 시작했다.

하지만 완전한 치료는 방곡추조차 불가능했다.

엿새째 되던 날.

방곡추는 마침내 치료를 마치고 무표정한 얼굴로 말했다.

"하반신은 제대로 쓸 수 없을 거다. 몸은 일으킬 수 있겠지만 걸을 수는 없을 거야. 아쉽더라도 이 정도로 만족해."

북궁천은 헌원려려가 살 수 있다는 것만으로도 눈물이 나올 만큼 기뻤다.

일어날 수만 있다면 언젠가는 걸을 수도 있을 것이었다.

설령 더 이상의 진전이 없다 해도 자신이 업고 다니면 될 것 아닌가?

그는 누워 있는 헌원려려의 얼굴을 투박한 손으로 천천히 쓰다듬었다.

"아무 걱정 마라, 려려. 내가 네 발이 되어 주마."

\*      \*      \*


마차 한 대와 오백여 명의 무사들이 평원을 가로질러서 초원의 언덕 위에 지어진 거대한 장원을 향해 나아갔다.

북천궁이었다.

마침내 북궁천 일행이 북천궁에 도착한 것이다. 태극문 제자들은 보이지 않았는데, 진 사부에게 들렀다가 쫓아온 다고 했다. 대신 황보청과 종리기진이 북천궁을 구경한다 며 따라왔다.

가릉효가 시시콜콜 미리 소식을 전한 터라 북천궁의 사 대원로는 입구까지 나와서 북궁천을 맞이했다.

북천궁 무사들이 마제가 폐관이 아닌 밖에서 돌아오는 것에 의문을 가지는 것은 당연했다.

그러나 마제에게 소군이 생겼다는 것, 중원을 떠들썩하 게 했던 천사교를 물리치고 온다는 것, 밖에서 수백 명의 수하들을 데리고 온다는 것에 의문도 잊고 환호했다.

와아아아!

"마제께서 소군을 얻으셨다!"

"북천에 새로운 별이 탄생하셨다!"

사대원로는 그동안 이를 갈았던 것도 잊고 환한 표정을 지었다.

"돌아오셨구려, 궁주!"

"허허허허, 궁주를 믿고 기다린 보람이 있구려!"

"과연 궁주시오! 그사이 소군을 만들어 오다니!"

솔직히 북궁천이 이렇게 멋지게 귀환할 거라 믿은 적은 한 번도 없었다. 그래도 말은 번지르르하게 했다.

장가도 가기 전에 소군부터 만들어 왔으니 즐겁지 않을 수가 없었다.

더구나 함께 온 철군성의 아가씨는 그들 마음에도 쏙 들었다.

헌원려려와 비교도 안 되는 배경, 손녀처럼 귀여운 행동, 어느 것 하나 마음에 들지 않는 것이 없었다.

그중에서도 가장 즐거워하는 사람이 있었으니 다름 아닌 공손설이었다.

그녀는 자신이 평생(?) 살아갈 새로운 곳이 정말 마음에 들었다.


암암리에 북천궁을 노리던 자들은 마제가 수하 오백을 데리고 돌아왔다는 소식을 듣고 꿈을 접는 수밖에 없었다.

오히려 마제가 소군을 얻었다는 말을 듣고 울며 겨자 먹는 심정으로 축하 선물을 보내야만 했다.

다른 놈들보다 늦게 보내면 제멋대로인 마제가 무슨 트집을 잡을지 모르는 것이다.


\*          \*          \*


북궁천이 돌아온 지 석 달이 흘렀다.

헌원려려는 북궁천이 장인을 동원해서 만든 움직이는 의

자를 타고 지냈다.

건물에서 건물을 오가는 것도 크게 불편하지 않았다.

북궁천이 북천궁 모든 건물에 있는 계단과 문턱 한쪽을 의자가 굴러갈 수 있게끔 평평하게 만들었으니까.

뜯어고치느라 많은 자금이 들어갔지만 사대원로나 북천궁의 자금을 관리하는 금락당주는 조금도 불만을 표하지 않았다.

북궁천이 중원에서 가져온 금자는 건물을 몇 개 새로 지어도 될 만큼 많았다.

그렇게 석 달 열흘이 지났을 무렵, 북궁천은 도무지 떠날 생각을 하지 않는 공손설을 째려보며 툭 던지듯이 물었다.

"너는 왜 갈 생각을 안 하나?"

"날짜만 잡으면 갈게요."

"무슨 날짜?"

"그걸 몰라서 물어요? 오빠도 참, 혼인 날짜를 잡아야죠."

"뭐? 그게 무슨 뚱딴지같은 소리야? 누구 혼인 날짜?"

"그야 오빠와 언니……."

"아, 그 날짜? 그거야 바로 잡아야지."

"그때 저도 함께 해 버려요. 굳이 두 번 할 필요 뭐 있어요?"

"뭐? 웃기고 있네. 너 같은 꼬마를 누가······?"

그 때였다.

공손설이 북궁천의 눈앞에 바짝 얼굴을 들이댔다.

"정말 제가 싫어요?"

복사꽃 화향이 확 풍겼다.

벌어진 옷 사이로 가슴골이 살짝 보였다.

"그런데 엊그제는 제가 목욕하는 걸 왜 몰래 쳐다보셨어
요?"

"누, 누가 뭘 봐, 인마?"

"쳇, 누가 모를 줄 알아요? 별수 없이 이제 오빠가 책임
져야 돼요."

"그거야 네가 내 방에 와서 목욕을 했으니까 어쩔 수 없
이 본 건데······ 나는 너 같은 꼬마는 관심 없어, 인마."

"정말 제가 꼬마처럼 보여요?"

공손설이 갑자기 북궁천의 손을 잡더니 자신의 가슴에
가져다 댔다.

"이게······!"

북궁천은 후다닥 손을 잡아 뺐다.

그런데 가슴이 생각했던 것보다 더 컸다.

'쬐끄만 게 가슴만 키웠다니까.'

그 때 방문이 열리고 헌원려려가 진아를 안은 시비와 함
께 들어왔다.

시비가 진아를 내려놓자, 진아가 아장아장 걸으며 두 사람이 있는 곳으로 왔다.

"아부으으으."

북궁천은 머쓱한 분위기를 피하려고 진아를 향해 몸을 돌렸다.

"어이구, 우리 진아 왔구나."

그런데 진아가 방향을 틀어서 공손설에게 다가갔다.

공손설이 활짝 웃으며 두 손을 뻗어 진아를 안았다.

"우리 이쁜 진아, 내가 누구지?"

그러자 진아가 말했다.

"자그어마 공소서어어."

손을 뻗던 북궁천의 몸이 석상처럼 굳었다.

'자, 작은엄마? 저 여시 같은 것이 벌써 수작을……'

승부는 그걸로 끝이었다.

천하의 북궁천도 진아의 결정을 뒤집을 수는 없었다.

〈완결〉

# DARK

## EMPEROR

# 흑제

오렌 퓨전 판타지 장편소설

FUSION FANTASY STORY & ADVENTURE

『무한의 강화사』, 『무한의 마도사』
만인의 작가 오렌이 선보이는 명품 판타지!

# 『흑제』

이로이다 대륙을 평정하는 중원의 살수.
무혼의 이야기가 이제 시작된다.
거침없는 그의 행보에 동참하라!

dream
books
드림북스

무적행

TYPE-S

태규 신무협 장편소설

ORIENTAL FANTASY STORY & ADVENTURE

『천라신조』, 『풍사전기』, 『천의무봉』의 작가!
태규 신무협 장편소설

『무적행(無敵行)』

겁난을 혈난으로 종식시킨 절대자, 투신(鬪神) 몽여.
그 무적의 행보에 주목하라!

dream books
드림북스

DREAMBOOKS